명상록

명상록

마르쿠스 아우렐리우스 지음 | 이덕형 옮김

문예출판사

MEDITATIONS
Marcus Aurelius

1

1   나는 조부 베루스로부터 예절과, 격정의 억제를 처음으로 배웠다.

2   가식 없는 남자다움을 내가 배운 것은 아버님에 대한 이야기와 그에 대한 회상으로부터였다.

3   어머님은 나에게 경건과 도량과 모든 잔인한 행위의 회피 ― 그것은 행동뿐 아니라 그러한 의도까지도 회피하는 모범을 보여주셨고 부자들의 일상적인 습성과는 전혀 다른 소박한 생활의 모범을 보여주셨다.

4   증조부에게 내가 신세 진 것은, 공립학교에 다니지 말고 그 대신 가정에다 훌륭한 선생님을 모셔야 한다는 것과, 그러한 목적을 위해서는 비용을 아끼지 말라는 그의 충고였다.

5   경기장에서는 녹(綠)과 청(靑) 중 어느 편을 응원하지

말고, 검투사의 경기에서는 가벼운 둥근 방패 쪽이나 무거운 사각 방패 쪽 중에서 어느 편의 일원이 되어서도 안 되고, 더욱이 힘든 일을 겁내지 말며, 욕망을 줄이고, 필요로 하는 것은 스스로 충족시키고, 내 일은 내가 돌보며, 남의 비방에 귀를 기울이지 말 것을 가르쳐준 것은 나의 스승이다.

6 디오그네투스의 덕택으로 나는 쓸데없는 추구에 열중하지 않고, 주문이나 주술이나 그와 같은 것을 내세우는 무당이나 요술쟁이에 대해 회의를 품게 되었으며, 닭싸움이나 그러한 오락을 피하고, 솔직한 발언에 분개하지 않으며, 철학을 가까이 하여 바키우스를 비롯해서 탄다시스와 마르키아누스를 거치고, 어린 시절에 작문을 쓰고, 그리스 철학자의 단련에 썼던 수피가 깔린 나무침대와 다른 엄격한 수련을 열망하게 되었다.

7 루스티쿠스로부터 나의 성격은 훈련과 치료가 필요하다는 생각을 선사받았다. 또한 공리공론을 꾸며내고, 미학자나 소위 이타주의자들의 설교와 사변적 회고록을 쓰는 그러한 궤변론자들의 열정에 빠져 정도를 벗어나지 말 것을 배웠다. 그는 또한 수사학, 시, 언어의 희롱을 삼가고, 집 안에서 뽐내는 의상을 입는다든가 그와 유사한 취미를 버리며, 시누에사에서 그가 우리 어머님에게 보낸 편지처럼 소박한 문체를 모방하라고 교육했다. 화가 나서 나와 사이가 나빠진 사람이라도 나와 다시 화해하기를 원하면 즉시 타협할 것을 배웠다. 책을 읽을 때는

정확해야 하고 단순히 전체적인 대의에 만족하지 말며, 너무 성급히 입심 좋은 요설에 설득되지 말 것을 배웠다. 또한 그를 통해서 에픽테투스의 《논설집》을 알게 되었는데, 그 책은 그가 그의 장서에서 뽑아 나에게 주었던 것이다.

8   아폴로니우스에게서 운이 주는 우연에 의존하지 말고 내 스스로 결정해야 한다는 것을 배웠고 잠시도 이성을 저버리지 말 것을 배웠다. 또한 극도의 아픔이나 자식의 손실이나 고질병을 앓는 지루함을 모두 한결같이 태연하게 대할 것을 배웠다. 격렬한 정력이란 온건하게 휴식할 수 있는 능력과 양립할 수 있다는 것을 가르쳐준 산 표본이 바로 그였다. 그의 설명은 늘 명증의 표본이었다. 그러나 그는 철학교육의 실제 경험이나 소질을 자신의 재능 중에서 가장 하찮은 재능으로 평가하는 사람이었다. 더욱이 친구의 가식적인 호의를 대할 때 어떻게 하면 나의 자존심을 손상하지 않고 동시에 달갑지 않은 무관심의 인상을 주지 않고 받아들일 것인가를 가르쳐준 것도 그였다.

9   섹스터스에게서 친절과 어버이다운 위엄으로 집안을 다스리는 법과, 자연스런 생활의 참된 의미와, 자신을 멸각하는 위엄과, 친구의 이익을 돌보는 직관적 관심과, 무식한 사람들이나 몽상가에 대해서도 너그럽게 참아주는 태도를 배웠다. 모든 개개인에게 대한 그의 몸에 밴 예절은 어떤 아첨보다도 그와의 사귐에 매력을 주었다. 그러면서도 좌중의 존경을 자아내는 것

이었다. 인생의 본질적인 원칙을 규정하고 체계화하는 그의 방법은 요령이 있으면서 동시에 포괄적이었다. 분노의 표시나 어떤 감정을 나타내지 않으면서 완전히 평온한 마음을 유지했다. 그러면서도 자애심으로 넘치고 있었다. 그의 칭찬의 표시는 늘 조용했고 떠들썩하지 않았으며, 백과사전과 같은 그의 학식을 결코 과시하지 않았다.

10　필요없이 남을 헐뜯는 행위를 삼가도록 해준 것은 비평가 알렉산더였다. 틀린 문법이나 사투리나 틀린 발음을 교정할 때 너무 심한 핀잔은 금물이며, 오히려 질문에 대한 대답이나 확인이나 말이 아니라 주제 자체에 대한 다정한 토론이나 잘못을 상기시키는 다른 적절한 형태를 통해서, 즉 재치있게 적절한 표현을 이쪽에서 도입시킴으로써 넌지시 옳은 것을 암시하는 것이 좋다는 것이었다.

11　나의 훌륭한 지도자 프론토로 인해, 악의와 간계와 표리부동이란 절대적 폭군의 속성임을 깨닫게 되었고 귀족가문들은 대개 평범한 인간성이 결여되기 쉽다는 것을 깨달았다.

12　플라톤 학파인 알렉산더는 어떤 긴박한 용무를 핑계로 사교에 따르는 의무를 피해서는 안 된다고 말하면서, 아주 불가피한 경우가 아니면 "나는 바쁘다"라는 말을 연설이나 서신에서 자주 사용하지 말도록 나에게 경고했다.

13   스토아 학파인 카툴루스는 나더러 친구의 비난을 결코 가볍게 생각하지 말라고 충고했다. 비록 그 비난이 터무니없는 것일지라도 마찬가지라는 것이었다. 그러나 그 친구의 사랑을 되찾으려고 최선을 다할 것을 충고했고, 스승에 대하여는 도미티우스와 아테노도투스의 회고록에서 우리가 읽은 것처럼 언제나 칭송의 말을 아끼지 말아야 한다는 것을 충고했고, 자녀에 대한 순수한 애정을 길러야 한다는 것을 충고했다.

14   나의 형제 세베루스로부터 연고자와 진리와 정의를 사랑하는 마음을 배웠다. 그를 통해서 트라세아, 헬비디우스, 디온, 브루투스를 알게 되었고, 만인의 평등과 언론의 자유에 기초를 둔 국가관에 접했으며, 국민의 자유를 옹호하는 것을 제일 관심사로 삼는 국가관에 접하게 되었다. 철학에 대한 공정하고 사심 없는 존중과 훌륭한 작품에 대해 몰두하는 태도와 도량과 낙천적 기질과 친구의 사랑에 대해 신뢰하는 태도를 배운 것도 그에게서였다. 못마땅한 사람에게 솔직히 말하고 자신의 호불호(好不好)를 가능하지 못하도록 석연치 않게 놔두지 않고 명백히 말하는 그의 습성을 나는 역시 잊지 않았다.

15   막시무스는 자제와 확고부동한 목표와 건강이 좋지 않을 때나 다른 불운한 환경에서도 명랑한 표정을 짓는 귀감이었다. 그의 성격에는 위엄과 매력이 찬탄할 만하게 조화를 이루고 있었고 자기 지위에 수반하는 의무의 수행에 있어 조용하고 소

란을 피우지 않았다. 믿는 바에 따라 말하고, 옳다고 판단되는 것을 행동에 옮긴다는 확신을 모든 사람에게 주는 사람이었다. 당황이나 소심은 그와 거리가 멀었다. 그는 결코 서두르지 않았으며, 그렇다고 뒤로 지지부진하게 미루지도 않았고 무엇이 닥쳐도 당황하지 않았다. 그는 낙담을 몰랐고 억지로 명랑하려 하지도 않았으며 자기에게 군림하는 어떠한 권력에 대해서도 분개하지도 질시하지도 않았다. 친절, 동정, 성실함이 있었는데 그것은 외부로부터 주입된 것이 아니라 타고난 강직함이 엿보이는 인상을 주는 데 기여했다. 아무도 그로 인해 열등감을 느끼지 않았고 아무도 그의 우월성에 도전하려 하지 않았다. 그는 또한 유쾌한 해학을 아는 사람이었다.

16 내가 아버님에게서 발견한 찬탄할 만한 특질은 그의 관대함과, 신중한 사려 끝에 내린 결정은 결코 변경하지 않는 단호함이며, 세속적인 영예에 대한 철두철미한 무관심과 근면과 인내와 공공의 이익을 위한 계획이면 기꺼이 경청하는 태도였고, 포상은 공적에 따라 수여해야 한다는 한결같은 주장이며, 고삐를 조일 때와 고삐를 늦출 때를 판단하는 탁월한 기지와 남색(男色)을 억제하려고 고심한 노력 같은 것이었다.

국사를 떠난 개인적인 사교도 중요하다는 것을 그는 알았다. 그는 친구들에게 식사를 같이하거나 행차 때 수행할 의무를 부과하지 않았다. 친구들이 다른 용무로 수행하지 못해도 상관하지 않았다. 심의원에서 그의 앞에 제시되는 모든 문제를 놓고 열심히 그리고 인내 깊게 검토했다. 그는 조급한 첫인상에 입각해서 문제를 기피하는 데 만족하지 않았다. 그의 우정은 오래 지속되는 것이었다. 변덕스럽거나 지나치게 다정한 우정이 아니었다. 그는 어느 경우가 닥쳐도 감당해냈다. 명랑하면서도 모든 그의 기질을 주제넘지 않게 이를 데 없이 섬세히 탁마하기에 충분히 원시안적이었다. 그는 제국이 필요로 하는 것에 온 신경을 집중했으며, 사려 깊게 국가재정을 보호했으며, 그로 인해서 야기되는 비난을 참아냈다. 그는 신 앞에서도 미신적인 태도를 취하지 않았고, 동료 시민 앞에서 비굴하게 굴어 인기를 구하거나 대중의 사랑을 받으려 하지 않았고, 다만 그의 길을 확고히 그리고 침착하게 추구했으며, 속되게 화려하거나 유행을 쫓는 기색이 있는 것은 경멸했다. 그는 운명이 그에게 베풀어준 물질적 안락을 받아들이되 자만이나 가책 같은 것은 없었다. 따라서 그것이 있을 때에는 솔직히 이용했고, 없을 때에는 유감으로 여기지 않았다.

소피스트의 궤변, 비굴한 추종자의 주제넘은 짓, 현학자의 공리공론과 같은 흔적이 있다는 비난은 그에게 해당될 수 없었다. 오히려 모든 사람은 그에게서 성숙하고 완전한 개성, 즉 아첨에 무관심하고 자기 자신과 타인들을 모두 지배할 수 있는 인격을 인정했다. 더욱이 그는 모든 순수한 철학자들을 존경했다. 또한 다른 철학자를 비난하는 행위는 삼갔지만 그런 부류의 충고 없이 지내는 쪽을 택했다. 사교에 있어서는 늘 명랑하고 다정했으며 우쭐대는 일이 없었다. 그가 자신의 건강에 쏟는 관심은 적절한 것이었다. 즉 수명을 연장시키기를 연연하는 기색이나 신체의 외형을 아름답게 하려는 기색은 없었지만 그렇다고 전혀 무시하지도 않았다. 사실 그는 자기의 몸을 적절히 돌봄으로써 의사의 간호나 보약이나 외과적 처방을 받을 필요가 거의 없었다. 그는 공중 연설, 법, 윤리학, 기타 다른 분야에서 특출한 재능을 가진 사람을 재빨리 알아봄에 있어 시기하는 기색을 전혀 보이지 않았으며 오히려 각자가 자기의 분야에서 명성을 얻는 기회를 마련해주기 위해 수고를 아끼지 않았다. 비록 그의 모든 행동은 국헌을 존중하는 행동이었지만 그렇다고 이 점을 국민이 알아주도록 하기 위해 일부러 노력하지는 않았다. 또한 그는 불안정과 변화를 싫어하여 같은 장소와 같은 추구를 더 좋아했다. 극심한 고통을 수반한 두통의 발작을 겪고 나서도 그는 곧 새로운 원기와 자신의 능력을 최대로 발휘하며 일상의 직무를 수행했다. 그가 간직하는 비밀이나 비밀서류는 많지 않았으며 그 속에 어쩌다 들어 있는 비밀 조항도 결국 전적으로 국사에 관한 것이었다. 볼 만한 구경거리의 전시나 공공건물의 건축이나 구호금품의 분배 등의 행사에서도 양식(良識)과 자제를 보였고, 항상 그런 행사가 자아내는 갈채보다는 그런 조치를 취할 필요성을 더 중요시했다. 그는 아무 시간에나 목욕을 하는 일은 없었다. 또한 건축물을 세우겠다는 광적인 열정은 없었고 먹는 음식은 까다롭지 않았으며 입는 옷의 색깔이나 재단에도 그러했고 자기 주위에서 시중드는 여인의 미모에 대해서도 그러했다. 그의 옷은 로리움에 있는 그의 별장에서 보내왔고 대부분의 일용품은 라누비움에서 가져온 것이었다. 투수쿠룸에서 잘못을 저지르고 사과하는 토지관리인을 그가 어떻게 대했는가는 잘 알려진 일화인데 그것이 그의 행동 전체를 잘 나타낸다. 즉 무례함이란 잔인함이나 가혹함과 마찬가지로 그의 성품과는 거리가 멀었다. 그는 결코 흔히 시쳇말로 '땀을 흘릴 정도'로까지 분노가 충천하지 않았다. 모든 일을 시간을 잡으면서 침착하고 요령 있게, 그러면서도 결정적이며 한결같이 분석하며 평가하는 것이 그의 습성이었다. 세상 사람들은 마음이 약하여 거부하지 못하거나 지나쳐서 진미를 상실하기 마련인 일들을 마음껏 향락할 때는 향락하고 절제할 때는 절제할 줄 아는 능력을 가졌다는 소크라테스에 대한 기록이 있는데, 바로 그것은 그에게도 적용되는 말이었다. 병석에서 막시무스가 보여준 것처럼, 이처럼 자신의 의지력으로 삼가기도 하고 순순히 향락할 수 있을 정도로 강하다는 것은 완전한 불굴의 영혼을 입증하는 것이리라.

17 내가 훌륭한 조부, 훌륭한 부모, 착한 여동생, 훌륭한 스승, 친구, 친척, 게다가 거의 예외 없이 착한 벗들을 갖게 된 것은 신의 덕택이다. 만일 여러 가지 여건이 은총의 힘으로 복합되어 나를 제지하지 않았더라면 위에 언급한 사람들과 반목할 수 있는 기질이 나에게 있었는데도, 나는 누구와도 반목하지 않았다는 것도 신의 덕택이다. 조부님의 소실이 나의 양육을 책임지던 기간이 일찍 끝나고 나의 순진성이 보존되고 성인이 되려고 초조하지 않았으며 성인으로 향한 완만한 발전에 만족했었다는 것도 신의 덕택이다. 황제이신 아버지 밑에서 나의 모든

오만을 고치고, 궁전에서의 생활은 호위병이나 화려한 자포나 횃불, 동상, 또한 그와 같은 외형적인 화려함이 없이도 영위될 수 있는 것이며, 궁전의 생활방식도 국사가 지도자를 요청할 때 필요한 명망과 권위를 실추함이 없이도 평민의 수준으로까지 검소하게 끌어내릴 수 있다는 것을 깨달은 사실을 하늘에 감사한다. 신께서는 나에게 한 명의 동생을 주셨는데, 그의 여러 가지 성품은 내 자신의 자기수련을 재촉하는 살아 있는 촉매였고, 동시에 그의 존경 어린 애정은 나의 가슴을 훈훈하게 해주었다. 또한 신께서는 나에게 지적으로 둔하거나 육체적으로 병신이 아닌 자식들을 하사하셨다. 또한 수사학, 시, 그 외 다른 학문에 있어서 내가 깊은 경지로 발전하는 것을 제한한 것은 신이었다. 그것들에 대한 연구가 쉽다고 느꼈더라면 나의 시간은 온통 그런 것에 빼앗겼을 것이다. 나는 나의 스승들이 아직 젊다는 이유로 장차 승급의 전망을 보여주면서 그들의 승급을 뒤로 미루지 아니하고, 처음부터 그들의 능력에 맞는다고 생각되는 지위로 승진시켰는데 그렇게 유의해준 것도 신이었다. 또한 아폴로니우스, 루스티쿠스, 막시무스를 사귀게 된 것도 신의 덕택이다. 내게 '자연스런 삶'의 진정한 핵심을 생생하게 그리고 되풀이해서 보여주던 것도 신의 덕택이다. 실상 신의 역할과 내가 받은 신의 은총과 도움과 영감으로 인해, 내가 이 자연스런 삶에 도달하지 못했다는 사실을 변명할 수 없는 처지이다. 그리고 내가 목표에 달성하려면 아직 멀었다고 하면 그 책임은 내가 하늘로부터 받은 일깨움—아니 실질적인 지시를 귀담아 듣지 않았다는 사실에 귀속될 것이다.

나의 육신이 이러한 생활을 이렇게 오래 영위할 것을 신에게 감사해야 한다. 또한 내가 베네딕타나 테오도토스와 같은 여자들에게 말려들지 않고, 뒤에 있었던 그러한 연애 사건으로부터 아무 손상받은 바 없이 빠져나온 것을 감사한다. 또한 루스티쿠스와 나는 자주 의견의 상충이 있었지만 후회할 정도로 반목하지 않은 것을 감사하며, 어머님이 일찍 돌아가셨지만 운명하기 전 몇 년은 나와 함께 지내신 일을 신에게 감사한다. 더욱이 빈곤하고 고난에 처한 인간들을 돕고 싶은 생각이 때로 일어났을 때 필요한 돈이 없지는 않았다는 사실과, 나 자신의 경우 그러한 도움을 남에게서 구걸할 필요가 생기는 경우가 전혀 없었다는 사실을 감사한다. 그처럼 복종적이고 자애심이 깊고 꾸밈이 없는 여자를 아내로 맞은 것을 하늘에 감사해야겠다. 또한 자식들을 가르칠 유능한 스승을 부단히 모실 수 있었던 사실과, 꿈속에서 나를 위해 처방을 내려준 치료법, 특히 카이에타와 키리사에서 있었던 각혈과 현기증을 일으켰던 경우의 치료법에 대해 감사한다. 마지막으로 철학에 탐닉했으면서도 어떤 궤변론자에 말려들지 않았고, 논리학의 교재나 법칙을 탐독한다든가 자연과학을 탐구하느라 나의 모든 시간을 허비하지 않게 해준 것을 신에게 감사한다.

이러한 모든 훌륭한 축복을 위해서는 '인간은 하늘과 운명의 도움이 필요한 것이다.'

그란 강변, 쿠아디 족 마을에서

2

1   매일 아침 눈을 뜨면 이렇게 말하는 것으로 하루는 시작하라. 오늘도 나는 참견과 배은망덕과 오만불손과 불성실과 악의와 이기심을 대면하게 될 것이다. 모두 선이나 악에 대한 무지에서 기인하는 일이긴 하지만…… 그러나 나로서는 이미 선의 본질과 그것의 고귀함을 알며, 악의 본질과 그 천박성을 알며, 죄인의 본성도 알고 있다. 죄인도 혈연이란 관점에서는 아니지만 이성과 신성의 일부를 우리와 꼭 같이 부여받은 동료 인간이란 뜻에서 나의 형제인 것이다. 그렇기 때문에 이러한 어떤 행위도 나를 손상시키지 못한다. 아무도 타락의 길로 휩쓸리게 할 수 없기 때문이다. 또한 나는 나의 그러한 형제에게 분개할 수 없고 그들과 다툴 수 없다. 왜냐하면 그와 나는 마치 인간의 두 손이나 발이나 아래위 눈썹이나 아랫니와 윗니처럼 함께 태어나면서 협력관계에 있기 때문이다. 따라서 상대방을 방해하는 것은 자연의 법칙을 위반하는 행위이다. 분개와 질시는 일종의 방해행위일 뿐 그 밖에 무엇이겠는가?

2   조그마한 살덩어리, 한 가닥의 호흡, 모든 것을 지배하는 이성 ― 이것이 나 자신이다(당신의 책을 덮고 잊어버려라. 책을 더 이상 찾지 말라. 왜냐하면 책이란 당신의 장비가 아니기 때문이다). 이미 죽음의 문전에 와 있는 사람처럼 육체는 생각지 말라. 그 점착성의 피와 뼈와 신경조직과 정맥과 동맥을 망각하라. 호흡? 그것은 무엇인가? 한 가닥의 공기일 뿐이다. 그것도 동일하고 한결같은 공기도 못 되고 매순간 새로 들여마시고 토해내는 것이다. 그런데 셋째 것은 이성인데 인간의 주인이다. 여기에 주의를 집중하라. 이제 당신의 머리도 백발을 휘날리고 있으니 더 이상 사욕이 이끄는 대로 그것을 꼭두각시처럼 비틀어대면서 노예로 만들지 말라. 또한 오늘에 대하여 불평하고 내일에 대하여 비탄함으로써 당신의 운명에 대하여 분개하지 말라.

3   만물의 신성한 이법은 섭리로 충만하다. 심지어 운명의 변덕조차 자연의 설계 속에 예속된 것이다. 다시 말해서 복잡하게 직조된 섭리의 명령 속에 담겨 있을 뿐이다. 섭리는 만상이 그곳에 근원하여 흘러나오는 원천이다. 섭리와 더불어 필연성이 제휴되어 있고 다시 우주의 안녕이 연계되어 있다. 당신 자신은 그 우주의 일부분이다. 우주적 자연에 의해 어느 자연의 일부에 할당된 것이나 그것을 유지하는 데 도움이 되는 것은 자연의 모든 부분에게 유익한 것이다. 더욱이 전 우주를 유지시키는 것은 변화이다. 기본 원소의 변화뿐 아니라 그 원소들이 합

성되어 이루는 보다 큰 형체들의 변화도 그렇다. 이러한 사념에 만족하고 의존하라. 그리고 그것을 확고한 당신의 원칙으로 간직하라. 책에 대한 갈구를 버려라. 그리하여 종말의 날이 오더라도 불평함이 없이, 유쾌하고 가식 없는 신에 대한 감사를 충심으로 느끼며 죽음을 맞이하라.

4   얼마나 긴 세월을 지체해왔는가 생각해보라. 신들이 내린 은총의 기회를 되풀이해서 받아왔으면서 그것을 이용하지 않은 적이 얼마나 많은가를 생각하라. 이제야말로 당신이 속한 우주의 본질을 깨닫고 당신을 낳아준 지배자의 본질을 깨달을 시점이다. 그러기 위한 당신의 시간에는 한계가 있다는 것을 깨달을 시간이다. 그러니까 당신의 지혜를 증진시키기 위해 그 시간을 이용하라. 그렇지 않으면 그 시간은 영원히 사라져 다시는 당신의 손에 쥐어지지 않을 것이다.

5   로마 인으로서, 하나의 남자로서 닥쳐오는 일을 행하되 정확하고 자연스런 위엄과 인간성과 독립심과 공정성을 지키며 행하겠다는 단호한 결심을 시시각각으로 새롭게 하라. 그 외의 다른 상념으로부터 벗어나도록 노력하라. 만일 이 순간이 당신의 마지막 순간인 것처럼 각 행동을 대할 때 상념으로부터의 해방이 가능하다. 다시 말해서 경솔을 버리고 이성의 명령으로부터의 감정적 이탈을 삼가고, 어떤 좋은 인상을 주겠다는 욕망, 자기찬양, 자신의 운명에 대한 불만을 버림으로써 가능하다. 매

일매일이 고요와 경건 속에서 흘러가도록 하기 위하여 인간이 터득해야 할 일이란 얼마나 극소한가를 깨달아라. 인간이 이러한 몇 가지 충고를 따르기만 하면 신은 더 이상의 것을 요구하지 않을 것이다.

6	아, 나의 영혼아! 너는 너 자신을 너무도 학대하는구나. 머지않아 너 자신에게 정당한 처사를 베풀 시간도 사라지리라. 인간의 목숨, 두 번 오지 않는 것. 그것마저 이미 종말로 다가오고 있지 않은가! 그런데도 당신은 자신의 영광에는 외면하고 자신의 행복을 남의 영혼의 말에 위탁하고 있다니![남이 무어라고 말하는가에 너무 신경을 쓰고 있다는 뜻.]

7	외적인 세상사 때문에 당신의 정신이 헛갈리고 있느냐? 그렇다면 조용한 시간을 마련해서 선에 대한 인식을 쌓아 올리고 초조감을 불식시켜라. 그와 동시에 또 하나의 오류에 대비하라. 많은 일을 하느라고 고달픈 나날을 보내고, 자신의 정력과 전심전력의 초점을 맞출 목표를 상실하는 우매함을 범하기 쉽다.

8	남의 영혼이 무슨 활동을 하는지에 대해 무관심했다고 해서 인간이 불행하게 되는 경우는 보기 힘들다. 그러니 자신의 정신 활동에 주의를 기울이지 않는 사람에게 돌아가는 확실한 보답은 바로 불행 그것이다.

9 우주적 본질은 무엇이며 나의 본질은 무엇인가를 기억하고, 다시 전자가 후자, 즉 전체 우주의 광대무변 속의 미세한 분자에 지나지 않는 후자와 어떠한 관계를 유지하고 있는가를 기억하면서 다음 것을 명심하라. 그리고 당신이 그 한 부분을 이루고 있는 본성에 당신의 언행을 일치시키는 행위 — 이것을 방해할 자는 없다는 것을 명심하라.

10 테오프라스투스는 인간의 죄를 비교했는데, 하긴 비교될 수 있는 것으로 흔히 간주되는 한계를 벗어난 것은 아니었는데, 욕망에서 나온 죄는 분노로부터 나온 죄보다 더 비난을 받아야 한다는 철학적 진리를 토로하고 있다. 왜냐하면, 분노로 인한 이성의 이탈은 적어도 어떤 불쾌감을 수반하고 어느 정도 가책을 수반하지만, 그와는 반대로 쾌락이 지배적으로 따르는 욕망으로부터의 죄는 더 무절제하고 여성적인 성격을 띠기 때문이다. 쾌락이 따르는 죄는 고통이 따르는 죄보다 더 비난을 받아야 한다는 주장은 경험과 철학이 다같이 뒷받침한다. 전자의 경우에서는 어떤 부당한 처사를 당하여 부지불식간에 자제심을 잃은 것이고 후자의 경우는 욕망을 충족시키려는 행위가 자신의 의지에 따라 악을 행하도록 자극한 것이다.

11 당신이 행하고 말하고 생각할 때는 언제나 인생을 하직할 능력이 바로 당신의 손에 쥐어져 있다는 사실을 상기하라. 만일 신이 존재한다면 인간과의 작별을 두려워할 필요가 없다.

왜냐하면 신들은 당신을 악으로 유인하지 않을 것이기 때문이다. 만일 신이 없거나 있다 해도 인간의 일과는 아무 관계가 없다고 하면, 신도 섭리도 없는 세상에서 살아봤자 그게 무슨 의미가 있는가? 그러나 신은 분명 존재하는 것이며 인간세계와 관계를 맺고 있는 것이다. 그들은 우리에게 절대적인 악에 빠지지 않는 충분한 능력을 부여했던 것이다. 만일 인간의 다른 경험 속에 본격적인 악이 있다 하더라도 그것을 피할 능력이 인간 속에 내재하도록 미리 만반의 대비를 해놓았을 것이다. 그러나 어떤 사물이 인간 자체를 격하시키지 않는다면 어떻게 인간의 생활을 격하시킬 수 있겠는가? 만유의 본성이 무지해서 이러한 악을 간과했을 리는 만무하다. 만일 그 악을 인식하고 있었다면 그것을 막는 방패와 처방을 고안할 능력이 없지는 않았을 것이다. 자연이 능력이 부족해서, 아니 기술이 부족해서 만유의 본성이 선과 악을, 선인과 악인을 전혀 구별하지 않고 엄습하도록 내버려두지는 않았을 것이다. 그러나 생과 사, 명예와 불명예, 고통과 쾌감, 부와 빈곤 등등은 선인과 악인의 공통된 운명이다. 이러한 것들은 인간을 격상시키지도 격하시키지도 않는다. 따라서 그것들은 악도 아니고 선도 아니다.

12 우리의 정신력은 모든 사물이 얼마나 빨리 사라지는가를 우리에게 인식시킬 수 있어야 한다. 모든 것의 물질적 부분은 공간 속에서 사라지고 그에 대한 기억은 시간 속에서 사라지고 만다는 사실을 인식시켜야 한다. 또한 우리는 관능적 대상물

의 본질을 관찰해야 한다. 특히 쾌락을 미끼로 우리를 유혹하고 고통을 주겠다고 위협하는 대상이나 요란스럽게 허영이란 형태로 우리에게 군림하는 것을 관찰하고 그것들의 천박성과 경멸 받아야 마땅함을 알아야 하고, 그것들이 얼마나 더럽고 얼마나 덧없이 사라져 소진되는가를 관찰해야 한다. 말과 의견을 통해 명성을 구축한 사람들의 진가를 식별해야 한다. 죽음의 본질이 무엇인가를 알아야 한다. 우리가 죽음을 깊이 명상하고 그것과 관련되어 연상되는 환상을 정신적으로 분리시킨다면 죽음이란 단지 자연의 한 과정이라는 사실, 아니 한 과정이라기보다 오히려 자연의 번영을 향한 적극적인 공헌을 하는 과정이라는 것을 깨달아야 한다. 또한 어떻게 인간은 신과 접촉하며, 인간의 어느 부분을 가지고 그 접촉이 유지되는 것이며, 그 부분은 이곳 지상으로부터 제거된 후 어떻게 되는가를 깨달아야 한다.

13 모든 창조물을 다 이해하려는 행위보다 우울한 행위는 없다. 즉 어느 시인의 말대로 '지구의 깊은 곳을 검사하고' 다른 사람의 영혼의 비밀을 알려고 호기심에 차서 기웃거릴 뿐 우리 내면의 신성에 집착하여 그것을 충실히 섬기는 것이 필요한 전부라는 사실을 깨닫지 못하는 행위보다 울적한 것은 없다. 신성을 섬기는 일이란 그것을 정욕과 목적 없는 방황과 신과 인간이 행하는 일에 대한 불만으로부터 벗어나 순수하게 유지하는 것을 의미한다. 왜냐하면 신의 행위는 그 탁월성 때문으로 해서 우리의 존경을 받아야 마땅하고 인간의 행위는 우애를 위해서

우리의 호의를 받아야 마땅하며, 때로는 우리의 동정도 받아야 한다. 왜냐하면 인간은 선과 악을 모르기 때문이며, 그 무지는 흑백을 가릴 줄 모르는 것만큼 가련한 불구 상태이기 때문이다.

14 3천 년, 아니 3만 년을 산다 하더라도 잃는 것은 현재 영위하는 그 삶이라는 것과, 당신이 잃는 삶 이외의 다른 삶을 얻을 수는 없다는 것을 명심하라. 그 말은 아무리 오래 산 삶이나 낳자마자 곧바로 죽은 삶이나 결국 마찬가지라는 뜻이다. 왜냐하면 지금 우리 손가락 사이로 흘러가는 이 순간은 모든 사람의 공동소유물이며, 이미 지나간 것은 우리 중 누구의 것도 아니기 때문이다. 그러므로 우리가 잃는 것은 현재라는 촌음에 국한된 것이다. 왜냐하면 사람은 지나간 것이나 앞으로 올 것은 잃을 수 없기 때문이다. 도대체 자신이 갖지도 않은 것을 어떻게 탈취당한단 말인가? 그러니까 두 가지를 기억하기 바란다. 첫째, 만물의 순환은 태초부터 똑같은 순환을 되풀이하는 것이어서 당신이 이같은 장려함을 1백 년, 2백 년, 아니 영원히 본다 해도 아무 차이가 없다는 것을 명심하라. 둘째, 가장 오래 산 사람이나 가장 짧은 순간을 산 사람이나 죽게 되면 상실하는 것은 동일하다는 사실을 명심하라. 왜냐하면 인간이 상실할 수 있는 것은 현재뿐이기 때문이다. 그 까닭은 이 현재란 인간이 소유한 전부이기 때문이다. 소유하지도 않은 것을 잃을 수 있는 사람이 어디 있겠는가?

15   "사물은 그 사물에 대하여 인간이 갖는 견해에 의하여 결정된다"는 견유학파 모니무스의 진술에 반대가 있는 것은 분명하다. 그러나 이 말이 진리를 내포한 한도 내에서 그 말의 의미를 받아들일 때 이 교훈은 가치가 있다는 것도 분명하다.

16   인간의 영혼이 가능한 한 우주를 좀먹는 일종의 흠집, 즉 농양이 될 때가 바로 영혼이 영혼 자체를 손상시키는 순간이다. 왜냐하면 환경과 투쟁하는 것은 언제나 자연을 향한 반란이기 때문이다. 즉 자연은 개별적인 부분들의 본질을 모두 내포하고 있는 것이다. 또 하나의 오류는 동료 인간을 배격하고, 마치 화난 인간이 그러듯 악의적인 의도를 품고 그에게 반목하는 행위이다. 셋째는 쾌락이나 고통에 압도되는 행위이다. 말이나 행동에 있어 허위적인 은폐가 있고 불성실과 거짓을 드러내는 경우가 네 번째 오류이다. 다섯째는 영혼이 이렇다 할 목적도 없이 행동과 노력을 쏟으며 정력을 아무 목표도 없고 알맞은 사려도 없이 낭비하는 것이다. 왜냐하면 아무리 사소한 활동이라 해도 어떤 목표를 염두에 둔 것이어야 되기 때문이다. 그런데 이성을 가진 피조물로서의 목적은 가장 오래된 도시와 국가의 이 법에 순응하는 것이리라.

17   인간의 일생 속에서 그가 점유하는 시간은 순간에 불과하며 그의 존재는 끊임없는 유전(流轉)이며 감각은 희미한 촛불이며 육체는 구더기의 먹이이며 영혼은 산란한 회오리이며 운

명은 암담하고 명성은 불안정한 것이다. 간단히 말해서 육체에 속한 것은 모두 굽이치는 물과 같고, 영혼에 속한 것은 꿈이나 증기에 불과하며, 삶은 전쟁이며 낯선 땅에 와서 잠깐 체류하는 것에 불과하며, 후세에 남는 명성은 망각에 불과하다. 그렇다고 하면 인간은 자신의 발걸음을 안내하고 인도할 힘을 어디에서 찾을 수 있단 말인가? 단 한 가지가 있는데, 그것은 철학이다. 철학자가 된다는 것은 자신 속에 있는 신성을 모독하거나 손상시키지 않고 따라서 모든 쾌락과 고통을 초월할 수 있어야 하며, 목적 없이는 어느 일도 손에 잡지 않으며 거짓과 위장이 섞인 행동을 멀리하며, 남이 행동하기를 기대하거나 행동하지 않기를 기대하지 않으며, 모든 정해진 운명을 자신과 같은 원천으로부터 나온 것으로 받아들이는 것이며, 무엇보다도 최종적으로 죽음을 받아들이되 각 생물을 구성하고 있던 원소의 분해작용에 불과한 것으로서 감사하게 받아들이는 것이다. 이 원소는 끊임없는 결합과 재결합을 통해 아무 손상을 입지 않는다고 하면, 우리가 전체(육체)의 변화와 분해를 불신의 눈으로 바라볼 이유가 어디 있는가? 죽음은 단지 자연에 따라 일어나는 일이다. 따라서 자연에 따라 일어나는 일에는 악을 발견할 수 없는 것이다.

3

1   남은 여생을 계속 축소시키면서 하루하루는 생명의 심지를 줄이고 있다는 사실만을 생각해서는 안 된다. 왜냐하면, 어떤 사람의 수명이 연장된다 해도, 사리를 이해하는 능력이나 신에 관한 지식과 인간에 관한 지식을 이해하는 데 필요한 사색 능력을 그의 정신이 계속 지니고 있을 것인지는 의심스럽다는 생각을 염두에 두어야 하기 때문이다. 노령으로 접어든다 해도 호흡, 소화 능력, 감각, 충동 등등에는 별로 이상이 따르지 않는다. 그럼에도 불구하고 자신의 능력을 최대로 발휘하고 의무의 요청을 정확히 평가하고 야기되는 온갖 문제를 조화시키고, 자신의 지상에서의 생활을 종결짓는 시기가 왔는가를 판단하고, 그 밖에도 연마된 지능의 발휘를 요하는 결정을 내리는 능력은 이미 쇠퇴한다. 그러므로 우리는 서두르지 않으면 안 된다. 그 까닭은 매순간이 우리를 죽음으로 가까이 데려가기 때문만이 아니라 죽기 전부터 인식 능력과 이해력이 저하되기 시작하기 때문이다.

또 한 가지 말해야 하는 것은 자연의 과정에 부수되는 여러 가지 일 속에는 은총과 매력이 있다는 사실이다. 예컨대 빵을 오븐에다 구울 때 터진 곳이 여기저기 나타나기 마련이다. 이 흠집은 구울 때 의도한 것은 아니지만 그 나름대로의 장점을 지니는 것이며 식욕을 돋군다. 또한 무화과도 잘 익으면 갈라져서 벌어진다. 올리브도 막 떨어질 무렵이 되면 썩기 직전에 이르는데, 바로 그것이 올리브 열매에다 독특한 아름다움을 부가한다. 또한 고개 숙인 수수이삭, 사자가 찡그릴 때 주름 잡히는 피부, 멧돼지의 입에서 뚝뚝 떨어지는 입거품, 그 외에도 이와 유사한 많은 것들은 만일 그 자체를 분리해서 바라본다면 아름답지 않을 것이다. 그러나 자연의 또 다른 과정으로서 그 자연의 매력과 미에 그 나름대로 기여하고 있는 것이다.

2   이처럼 민감하고 우주의 활동에 대한 충분히 깊은 통찰력을 구비한 사람에게는 거의 모든 것, 심지어 어떤 것의 부산물에 불과한 것까지도 그 나름대로 여분의 쾌감이라는 보답을 더하는 것 같이 보인다. 그런 사람은 호랑이와 사자의 으르렁대는 입을 볼 때에도 화가나 조각가가 그 실물을 모방하여 그려 놓은 작품을 보듯 찬탄의 눈으로 바라볼 것이다. 그 사람이 분별 있는 눈을 소유했다면 젊음에 속한 선정적인 매력뿐 아니라 늙은 남녀에게 감도는 성숙미도 식별할 수 있을 것이다. 이런 대상은 모든 사람에게 매력을 주는 것은 아니다. 다만 자연 내지 자연의 행위와 친밀한 교감을 개발한 사람들만이 그런 것에 깊은 감명을 받을 것이다.

3　히포크라테스는 많은 사람의 병을 치료해주었지만 자신도 병들어 죽었던 것이다. 칼다이아 사람들은 많은 사람의 죽음을 예언했지만 운명은 그들을 사로잡는 데 예외를 두지 않았다. 알렉산더와 폼페이우스와 율리우스 카이사르는 여러 도시를 누차 초토화시키고 전장에서 수만의 말과 보병을 살해했지만 그들 역시 죽어야 할 때가 왔던 것이다. 헤라클레이토스는 불에 의한 우주의 소진을 두고 끊임없이 명상을 거듭했지만 종국에 가서는 그의 몸을 가득 채운 것은 물이었고 그의 몸은 똥물에 빠진 채 죽었던 것이다. 데모크리토스는 이(蝨)로 인해 죽음을 당했다. 소크라테스도(인간이란) 다른 종류의 이로 인해 죽었던 것이다. 이 모든 것이 가르치는 교훈은 무엇인가? 바로 이러한 것이다. 당신은 지금 배에 탔다. 항해를 하여 항구에 닿는다. 그러면 육지에 발을 디뎌라. 내세로 들어가는 것일까? 신은 도처에 있으며 따라서 내세에도 있을 것이다. 결국 무감각의 상태로 접어들지 않을까? 그렇다면 고통과 쾌락의 사슬을 벗어나서 더 이상 이 흙으로 된 배의 노예가 되지 않을 것이다. 이 배를 안내하는 키잡이에 비하면 배는 한없이 열등한 것이다. 왜냐하면 전자는 이성 내지 신성이고 후자는 흙이며 부패이기 때문이다.

4　어떤 상호이익을 위해서라면 몰라도, 이웃들의 일에 신경 쓰느라고 여생을 낭비하지 말라. 그 사람은 무엇을 하고 왜 그러는 것이고, 무슨 말을 하고 무엇을 생각하고 무엇을 계획하고 있는가. 한마디로 말해서 내면에 있는 '통치자'에 대한 충성

을 분산시키는 모든 것에 신경을 쓰는 것은 다른 일을 할 기회를 잃는 것을 뜻한다. 그러니까 사념의 방향이 나태하고 두서없는 환상으로 흐르지 않도록 유의하라. 특히 이것저것 따지고 무자비한 성격을 띤 환상으로 흐르지 않게 하라. 그러니까 만일 어떤 사람이 "지금 무엇을 생각하느냐?"고 갑자기 물을 때, 솔직하고 지체없이 대답할 수 있는 사고방식을 갖도록 습관을 들여라. 그럼으로써 모든 자신의 생각이 소박하며 친절하며 사회적 동물에게 어울리는 일이고, 관능적 상상의 쾌감에 대한 취미, 질투, 시기, 의혹, 그 밖에 자신 속에 있는 것을 인식하는 순간 얼굴을 붉혀야 할 다른 감정이 아니라는 것을 입증하라. 그러한 인간이 지금 이곳에서 지고의 것을 갈망하기로 마음먹는다면 그런 사람이야말로 신의 사제요 신의 종복일 것이다. 왜냐하면 그는 쾌락으로 더럽혀지지 않고 고통으로 손상되지 않고 모욕을 받아도 개의치 않고 악에 감염되지 않도록 자신의 본질을 유지할 수 있는 내면의 힘을 최대로 활용하는 사람이기 때문이다. 그는 가장 위대한 투쟁에 참여한 투사이며 그 투쟁은 감정의 지배를 배격하려는 투쟁이다. 그는 철두철미 정의감에 젖어 있고, 자신의 운명에 닥쳐온 것은 기꺼이 환영하며, 남의 말, 남의 행동, 남이 생각하는 바가 무엇인가 하는 따위의 공적인 이익이 요청할 때 이외에는 묻지 않는다. 그는 자기 일에 온 정력을 쏟는다. 그는 우주라는 거미줄 속에서 자신의 거미줄 한 가닥을 가려내어 그곳에 주의를 집중시킨다. 또한 자신의 행동이 명예롭도록 유의하며 자신에게 일어나는 일은 모두 잘되게 하기 위한 것이라는 확신을 갖는다. 왜냐하면 그를 지도하는 운명은 보다 높은 손의 지시를 받고 있기 때문이다. 그는 모든 이성적 피조물의 동포애를 잊지 않으며 만인을 돌보는 일은 인간으로서 당연하다는 것을 잊지 않으며 그가 따라야 하는 것은 세상 사람들의 여론이 아니라 자연의 순리에 따라 사는 사람들의 의견이어야 한다는 것을 그는 알고 있다. 또한 자연에 따르지 않는 사람들을 대할 때, 그는 그들이 매일 밤과 낮으로 집에서나 밖에서 드러내는 성격과 그들이 자주 어울리는 사교의 성격을 항시 속으로 상기한다. 이러한 인간들은 자신들의 눈으로 보아도 초라한 사람들이어서 이들의 호의적 평가는 그에게 하등의 가치도 없다.

5   행동을 민첩히 하되 공공의 이익을 감안하라. 알맞은 사려를 하되 우유부단은 금물이다. 감정 속에 가식적이고 지나친 세련미를 가미하지 말라. 수다를 피하고 남의 일에 간섭을 삼가라. 내면의 신으로 하여금 남자답고 성숙한 개체로서의 당신, 정치가, 로마 인, 지도자로서의 당신을 관장케 하라. 그리하여 일생의 전쟁터로부터 퇴각의 신호를 기다리며 그의 죽음을 기꺼이 환영하면서 자기 위치를 고수하는 인간이 되어야 한다. 자신의 공적을 자신의 입으로나 남의 입으로 보장하지 않는 사람이 되라. 그러한 곳에 명랑의 비결이 있고 남의 도움을 벗어나는 비결이 있고 남의 도움을 빌어 침잠의 축복을 얻으려고 갈망하지 않게 되는 비결이 있다. 우리는 스스로의 힘으로 몸을

일으켜야지 남에 의해 부축되어 일어서서는 안 된다.

6 만일 인생이 당신에게 정의와 진리보다, 자제와 용기보다 더 훌륭한 것을 제시한다면, 즉 당신의 행동을 이성의 법칙에 순응시키는 데서 오는 마음의 평화와, 어떻게 할 수 없는 운명의 도래 앞에서도 간직할 수 있는 마음의 평화보다 더 좋은 것을 제시한다면 — 아니 거듭 말하거니와 보다 높은 이상을 당신이 발견할 수 있다면 당장 그것에다 온 정성을 쏟고 그곳에서 발견한 포상을 향유하라. 그러나 당신의 속에 위치하면서 충동을 조작하고 각 인상을 평하고(소크라테스의 표현을 빌자면) 육체의 유혹을 물리치고 신에 대한 충성과 인류에 대한 연민을 맹세하게 하는 신성(神性)보다 더 나은 것이 없다면, 아니 그 외 다른 모든 것은 그것에 비하여 천박하고 무가치하게 보이거든 다른 추구를 감행할 마음의 여유를 남기지 말라. 만일 당신이 주저하고 방황한다면 모처럼 당신의 것으로 선택한 이상을 향해서 한결같은 충성을 발휘할 수 없을 것이다. 다른 성격에서 나온 어떠한 야망도 이성과 시민의 의무에 따르는 선에 미치지 못하는 것이다. 다시 말해서 세상의 갈채나 권력이나 부나 향락도 그에 미치지 못한다. 물론 잠시 동안은 그러한 것들 속에도 타당성이 있는 것처럼 보일 것이다. 그러나 얼마 안 있어 그것들은 세력을 확장하여 인간의 균형을 교란시킬 것이다. 그러니까 당장 가장 고귀한 이상을 선택하여 그것에 충실히 집착하라. 그러면 당신은 "나에게 가장 유리한 것이 지고(至高)의 것이다"

라고 말하겠느냐? 이상적인 존재로서의 당신에게 가장 좋은 것이면 그것에 집착하라. 그러나 동물로서 그렇다면 솔직히 그렇다고 말하고 당신의 견해를 그것에 어울리는 겸양으로서 간직하라. 다만 일을 올바르게 탐구하도록 유의하라.

7　　신용의 타락, 자존심의 실추, 증오, 의혹, 저주, 불성실, 또는 휘장과 커튼으로 가려야 할 어떤 대상에 대한 욕망으로부터 얻어지는 이득을 중요시하지 말라. 내면의 이성을 무엇보다 존중하고 자신 안의 신성과 그에 대한 봉사를 존중하는 사람은 꾸밈이 없고 불평하지 않으며, 고독도 원하지 않고 그렇다고 여럿이 어울리는 것도 바라지 않는다. 무엇보다도 그의 삶은 죽음의 추구나 죽음의 회피 같은 것과는 초연한 삶일 것이다. 또한 그는 영혼이 육체 속에서 오랫동안 자신의 소유물이 되는가 아닌가에 무관심할 것이다. 지금 당장 그가 사별해야 할 시간이라면 다른 행위를 수행하듯 자존심과 품위를 지키면서 기꺼이 떠나갈 것이다. 평생을 통해서 지적 동물임과 동시에 사회적 동물이 걸어가야 할 행로에서 이탈하여, 그의 정신이 다른 길을 접어들지 않도록 유의하는 것 이외에 다른 곳에는 신경을 쓰지 않는다.

8　　단련되고 정화된 마음속에는 부패의 기미도 없으려니와 더러운 얼룩이나 곪아 터진 상처도 없다. 운명은 그러한 인간의 생명을 완성되기도 전에 회수하지 않는다. 그것은 연극배

우가 막이 내리기 전에 중간에서 무대를 떠나는 것과는 다르다. 더욱이 그에게는 비굴함도 없거니와 그렇다고 뽐내는 기색도 없다. 남에게 기대지도 않거니와 남과 멀리하지도 않는다. 그는 아무에게도 신세를 지지 않으며 그렇다고 모든 것을 회피한다는 비난도 받지 않는다.

9   의견을 창출할 수 있는 당신의 능력을 존중하라. 그것이 있어야 당신을 조절하는 내면의 조타수는 자연에 위배되거나 이상적 인간의 본질과 상치되는 의견의 창출을 중지할 수 있는 것이다. 이것이 있어야 또한 세심한 주의와 동료와의 훌륭한 인간관계와 나아가서 하늘의 의지에의 순종을 이룰 수 있게 될 것이다.

10   모든 것을 버리고 다음의 몇 가지 진리를 고수하라. 인간이란 다만 현재 이 찰나 속에서만 존재한다는 것을 명심하라. 나머지 인생은 지나치고 사라졌거나 아직 모습을 드러내지 않고 있는 상태이다. 이 스러져야만 되는 생명은 지구의 한 구석에 처박혀 사는 난쟁이인 것이며 사후의 명성도 순간적인 것으로서 역시 왔다가는 금세 사라지고 마는 난쟁이들에 의해 전승될 것이다. 그러나 그 난쟁이들이란 것은 오래 전에 죽어 없어진 인간에 대해서는 말할 것도 없고 자신들이 무엇인지조차 모르는 화상들이다.

11 이러한 교훈에다 하나 더 첨가하자. 어떤 대상이 당신의 의식의 표면에 모습을 드러냈을 때에는 그것의 정신적 정의를 내리거나, 적어도 그 윤곽을 포착하라. 그리하여 그것의 본질을 식별하고, 개별적이고 부수적인 특질 너머에 있는 적나라한 실체를 명확히 투시해서 당신 스스로의 능력으로 그 대상 자체와 그 대상을 이루는 원소들과, 그 대상이 분해되어 환원되는 원소들을 확인하라. 삶의 경험 하나하나를 체계적으로 면밀히 검토하되 그것은 분류하고 그것이 이바지하는 목적과 우주에 대한 가치, 모든 세계의 도시를 집안처럼 포용하는 최고의 도시의 주민으로서의 인간들을 향한 그것의 가치를 결정하는 능력만큼 인간의 정신을 확장시키는 것은 없다. 가령 이 순간에 나에게 인상을 주는 대상을 예로 들어보자. 그것이 무엇인가? 그것은 무엇으로 구성되어 있는가? 얼마나 오래 지속될 예정인가? 어떠한 도덕적 반응을 나에게서 기대하고 있는가? 관용, 강직, 솔직성, 신의, 성실, 자긍, 그 밖에 다른 특질을 기대하고 있을까? 어느 경우이든 이것은 신으로부터 온 것이라고 말할 수 있어야 한다. 또는 이것은 운명이 부여한 숙명이며 복잡한 거미줄의 한 가닥이며 우연의 일치라고 말해야 한다. 또는 이것은 나와 같은 계통, 종족, 혈육의 인간이면서 자연이 요구하는 바를 모르는 인간이 저지른 짓이라고 말할 줄 알아야 한다. 그러나 나 자신은 그러한 자연의 요구를 모른다고 탄원할 수 없다. 따라서 우애라는 자연의 법칙에 따라 그를 다정하고 공정하게 다뤄야 한다. 한편 그와 동시에 선악이란 문제가 야기되지

않을 경우에는 그 경우가 갖는 가치를 알기 위해 나의 화살을 겨냥해야 한다.

12   항상 이성을 고수하고 열정과 정력을 발휘하며, 그러면서도 인간성을 가지고, 자질구레한 목표를 무시하고 당신의 내부에 있는 신성을 순수하고 올바로 유지하되 마치 지금 그 신성의 소환을 받은 것처럼 유지하면서 당신 앞에 닥친 일을 처리한다면 — 또한 그 외 아무것도 기다리지 않고 어느 일에도 위축되지 않으며, 순간순간의 행동 속에서도 자연에의 순응을 추구하며 모든 당신의 언동에 있어 두려움 없는 진실을 추구하면서 이 일을 고수한다면 당신의 인생은 복된 것이 될 것이다. 또한 이러한 생활로부터 아무도 당신을 이탈시키지 못할 것이다.

13   외과의사가 갑작스럽게 자신의 기술을 필요로 하는 환자를 위해 침과 메스를 늘 준비하듯, 인간적 사항과 신적인 사항에 대한 이해를 얻기 위해서는 당신의 원칙을 늘 준비하고 있어야 한다. 아무리 하잘것없는 행위에 있어서도 이 두 가지가 얼마나 밀접히 연계되어 있는가를 잊지 말라. 왜냐하면 인간에 관한 일치고 신적인 것을 고려치 않고는 옳게 수행되지 않으며 그 역(逆)도 마찬가지다.

14   더 이상 당신 자신을 오도(誤導)하지 말라. 이 비망록을 이제 다시 읽지는 못할 것이다. 지나간 로마 인이나 그리스 인

의 연대기도 그렇고 당신이 노년에 접어들어 읽기 위해 비축한 발췌록을 더 이상 읽지 못할 것이다. 그러니 종말을 향해 서둘러라. 헛된 희망을 버려라. 혹시 당신 자신을 돌봐야 한다면 할 수 있을 때 자신의 건강에 유의하라.

15　사람들은 '절도행위', '씨 뿌리기', '구매하기', '평화로움', '의무의 수행' 등의 낱말이 뜻하는 바를 모른다. 이것은 눈으로 보는 것과는 다른 통찰력이 필요한 것이다.

16　육체와 영혼과 정신 ― 육체는 감각을 위해 존재하고 영혼은 행동의 원천을 위해 존재하고 정신은 원리원칙을 위해 존재한다. 그러나 감각 능력은 울에 갇힌 소에게도 있다. 야수나 동성연애자나 네로나 팔라리스도 모두 충동의 지시에 순종한다. 신을 부정하고 조국을 배반하고 걸어 잠근 문 뒤에서 온갖 추행을 범하는 자들도 명확한 의무의 길로 이끄는 이성을 갖고 있다.

　이와 같은 모든 것이 그러한 인간들의 공동의 유산이고 보면, 선인(善人)의 유일한 특성이란 운명의 베틀이 그를 위해 직조해주는 모든 경험을 순순히 환영하는 것이며, 자기 가슴속에 있는 신성을 더럽히지 않으며, 혼란 이상으로 신성을 교란시키지 않는 것이며, 마음의 평화와 신에 대한 예의 바른 순종 속에서 신성을 보존하겠다는 결의이며, 말을 함에 있어 진실을 외면하지 않으며 행동의 공정성을 저버리지 않는 것이다. 설사 세상 사람들이 그가 소박하고 자긍심 있는 행복 속에서만 살아간다는 이유로 그를 불신한다 하더라도 아무에게도 분개하지 않으며, 다만 의무가 그로 하여금 순수하고 평화롭게 걸어오도록 명령하는 생의 종착역을 향하여 빗나감이 없이 걸어 나아가서, 생과의 작별을 주저함이 없이 운명이 할당한 수명과 완전하고 자의적인 조화를 이룩한다.

4

1   우리를 지배하는 내면의 힘이 자연에 충실하다면 그것은 늘 환경이 제시하는 가능성과 기회에 대하여 선뜻 적응할 것이다. 그것은 예정된 재료를 요구하지 않는다. 그것은 목표를 추구하는 과정에서 기꺼이 타협하는 성질의 것이어서 그 진로의 장애물도 그것이 활용할 수 있는 재료로 바뀔 뿐이다. 그것은 이를테면 한 더미의 잡동사니를 지배해버리는 축제의 횃불과 같은 것이어서 불꽃이 약하면 잡동사니로 인해 불이 꺼지지만 힘찬 불길은 던져진 물체를 소화시키고 활용하여 그로 인해 불꽃은 더욱 높이 타오르게 된다.

2   어떠한 일이든 아무렇게나 하지 말 것이며 그것의 적절한 수행을 지배하는 원리를 무시하고 수행하는 일은 삼가라.

3   사람들은 전원이나 해변이나 산간에 은둔하기를 원한다. 그것은 당신의 마음에 소중히 간직된 꿈일 것이다. 그러나 그러한 꿈은 철학하는 사람에겐 부질없는 것이다. 왜냐하면 원

하기만 한다면 당신은 언제고 당신 자신 속으로 은둔할 수 있기 때문이다. 자신의 영혼 속보다 더 고요하고 평화로운 은신처는 없다. 특히 자기 속에 풍부한 자원을 가진 사람이면, 그 자원을 조금만 동원하면 즉각적으로 마음의 평온을 확보할 수 있는 것이다. 마음의 평온이란 정연히 정리된 정신이란 말과 같은 말이다. 이 마음속으로의 은신을 자주 활용하여, 자신을 쇄신하라. 당신의 생의 원칙은 간결한 것이어야 한다. 그러면서도 기본적인 것은 모두 포괄해야 한다. 그래서 그 원칙을 상기하게 되면 모든 분노는 제거되고, 당신이 돌아가야 할 의무로 불평 없이 복귀하는 것이 가능할 것이다. 결국 당신은 무엇을 불평하는가? 인간의 악덕인가? 이성이 있는 모든 동물은 서로를 위해 창조되었다는 원리를 상기하라. 서로 참는 것이 정의라는 것과 인간은 고의적으로 악을 저지르지는 않는다는 것을 기억하라. 무수한 적개심, 의혹, 원한, 갈등을 상기하라. 그것을 품었던 인간은 먼지와 재와 더불어 이미 사라지고 없지 않은가! 그것을 상기하고 더 이상 불평하지 마라.

　당신을 분개하게 하는 것은 우주 속에 할당받은 당신의 작은 위치 때문인가? 그렇다면 '현명한 섭리가 아니라면 한 톨의 원자도 존재하지 않는다'는 논거를 다시금 상기하라. 이 세상은 이를테면 하나의 도시라는 증거, 그 헤아릴 수 없이 많은 증거를 상기하라. 병환이 당신을 괴롭히는가? 그렇다면 정신은 초연히 분리되어 그 자체의 힘을 인식하기만 하면 호흡이 순조롭든 가쁘든 호흡의 드나듦과 하등의 관계가 없음을 상기하라. 간단히 말해서 고통과 쾌락에 관하여 당신이 배우고 받아들인 모든 것을 상기하라.

아니면 거품 같은 명성이 당신의 정신을 혼란시키는가? 그렇다면 당신의 눈앞에 쏜살같이 밀려오는 망각을 상상하라. 그리고 우리의 앞뒤에 놓여 있는 영원이란 심연을 상기하라. 갈채의 메아리가 얼마나 공허하며, 자처하던 찬양자들의 판단이 얼마나 변덕스럽고 무분별하며, 인간의 명성이 장악하는 판도란 얼마나 협소한 것인가를 상기하라. 왜냐하면 지구 전체도 하나의 점에 불과하며 우리가 사는 곳은 그 점의 미세한 구석이기 때문이다. 그 안에서 당신을 찬양하는 사람의 수가 있어봤자 얼마나 있겠으며 그들은 또 어떤 인간들이겠느냐? 그 다음으로 잊지 말고 당신의 작은 영지로 퇴각하라. 무엇보다도 투쟁하거나 긴장하지 말아라. 자신을 억제하고, 남자로서, 인간으로서, 시민으로서 그리고 죽어야 될 숙명을 짊어진 한 피조물로서 인생을 관조하라. 당신이 명상하는 것이 좋은 진리 중에는 다음 두 가지가 있다. 첫째, 사물은 영혼에 손을 미치지 못하고 외곽에서 무기력하게 존재하는 것이므로 마음의 동요는 내면의 환상으로부터 발생하는 것이라는 사실을 명심하라. 둘째, 눈앞에 있는 모든 만물은 순식간에 변하고 곧 사라진다는 사실을 명심하라. 당신도 그 수많은 변화의 일부분을 차지한다는 것을 생각하라. 온 우주는 변화이고 인생 자체는 당신이 생각하기 나름의 편모를 띤다.

4   사유능력이 인간에게 보편적인 것이라면 우리를 이상적인 동물로 만드는 이성의 소유도 보편적이다. 따라서 이성은 우리에게 '해야 한다'와 '해서는 안 된다'라는 명령으로 우리에게 말하고 있다는 뜻이 된다. 그러니까 보편적 이법이 있는 셈이다. 그것을 뒤집어 말하면 우리 모두는 동료 시민이며 공통된 시민권을 소지하고 있으며 세계는 하나의 도시라는 뜻이다. 모든 인류가 주장할 수 있는 다른 시민권이 있을까? 인간의 정신과 이성과 법 자체가 나오는 원천은 바로 이 세계국가인 것이다. 만일 그렇지 않다고 하면 어디로부터 오는 것인가? 나의 몸을 이루는 흙은 지구의 흙으로부터 온 것이고 인체의 수분은 지구의 다른 원소로부터 온 것이고 호흡은 또 다른 곳에서 온 것이다(왜냐하면 무로부터 나온 것은 없으며, 그렇다고 완전히 무로 환원되는 것도 없기 때문이다). 그처럼 우리의 정신의 원천도 있음에 틀림없다.

5   죽음이란 출생과 마찬가지로 자연의 비밀이다. 결합되었던 그 원소들이 죽으면 분해되는 것이다. 죽음에 관한 여하한 것도 수치가 될 이유가 없다. 정신이 부여되었다는 것은 변칙이 아니며 결코 창조의 계획에 어긋나는 것이 아니다.

6   어떤 유형의 인간들은 그 나름의 행동을 하는데, 그것은 불가피한 것이다. 그러지 말기를 바라는 것은 무화과나무가 수액을 만들지 않기를 바라는 격이 될 것이다. 어느 경우이든

얼마 있지 않아서 당신과 그는 둘 다 죽어 없어지는 것이며 당신의 이름도 금세 망각된다는 것을 기억하라.

7   '억울함을 당했다'는 믿음을 제거하라. 그러면 억울하다는 감정도 사라질 것이다. 피해의식을 버려라. 그러면 피해 그 자체도 사라질 것이다.

8   인간을 부패시키지 않는 것은 인간의 생활을 부패시킬 수 없으며 그에게 내적이든 외적이든 손해를 끼칠 수 없다.

9   집단적 편의를 위한 원칙은 다음의 것을 요구한다.

10   일어나는 것은 모두 정당하게 일어나는 것이다. 자세히 관찰하면 이것이 사실임을 발견할 것이다. 연속되는 사건 속에는 단순히 연속성만이 있는 것이 아니라, 모든 것에게 합당한 가치를 분배하는 신의 섭리로부터 나오는 것 같은 공정하고 정당한 질서가 있는 것이다. 시작했으니 그 관찰을 계속하라. 그리고 모든 당신의 행동에 선(善)이 뒤따르도록 하라. 선이라고 말했는데 진정한 의미의 선을 말하는 것이다. 모든 활동에 있어서 이 점을 유의하라.

11   오만한 자들의 의견에 따르지 말라. 그들의 의견이 당신의 의견을 지배하도록 하지 말고 사물을 보되 참된 관점에서

보라.

12 두 가지 점을 언제나 유의하라. 첫째, 이성과, 우리에게 법을 시행하는 제왕이 공동의 이익을 위해 제안하는 것만을 하라. 둘째, 곁에 있는 사람이 당신을 정정해주거나 당신의 판단의 오류를 확신시킬 때는 결정을 재고하라. 그러나 그러한 확신도 공정이나 공공의 이익이나 그 밖의 다른 이득에 이바지한다는 확신으로부터 나온 것이어야 한다. 오로지 이러한 것을 고려해야지 쾌락이나 명성의 가능성을 고려해서는 안 된다.

13 "당신에게 이성이 있는가?" "있습니다." 그렇다면 왜 그것을 활용하지 않느냐? 만일 이성이 그 본분을 다한다면 그 밖에 무엇을 더 바라겠느냐?

14 당신은 하나의 부분으로서 전체 속에 존재하고 있다. 그러나 당신은 당신을 생성한 것 속으로 사라질 것이다. 아니 오히려 다시 한번 변이를 겪어 우주의 창조적 이성 속으로 귀속될 것이다.

15 같은 제단으로부터 많은 유향(乳香)의 낱알이 떨어진다. 어느 것은 먼저, 어느 것은 나중에 떨어진다. 그러나 떨어지는 것에는 아무 차이가 없는 것이다.

16　당신의 원칙으로 돌아가 이성을 존중하기만 한다면 1주일 이내에 당신을 야수나 원숭이와 동류로 몰아붙이던 인간들이 당신을 신으로 여길 것이다.

17　당신의 앞에 1천 년이란 수명이 남아 있는 것처럼 살지 말라. 운명은 당신의 지척에 있는 것이다. 그러므로 생명과 능력이 당신에게 붙어 있는 동안 당신 자신을 선하게 하라.

18　이웃이 무엇을 말하고 행하고 생각하는가에 무관심하고 자신의 행동이 정당하고 성스러운가에 대하여 신경을 쓰는 사람은 시간에 있어서나 수고에 있어 크게 이득을 보는 사람이다. 선량한 인간은 다른 사람들 속에서 약점을 찾으려고 두리번거리지 않으며 다만 빗나감이 없이 자신의 목표로 향하여 매진하는 사람이다.

19　사후(死後)의 명성에 연연하는 사람은 자기를 기억해줄 모든 인간들도 곧 죽는다는 사실과 시간이 지나면 그들 이후의 다음 세대도 사라지는 것이며 종국에 가서는 불꽃을 발하다가 스러지는 불꽃처럼 기억의 마지막 불씨도 꺼져버린다는 것을 생각하지 못하는 자들이다. 설사 당신을 기억해줄 사람들은 영원히 죽지 않고 당신에 대한 기억도 사라지지 않는다고 가정하더라도, 그것이 도대체 당신과 무슨 상관이 있는가? 분명 당신의 무덤 속에서는 아무 의미가 없을 것이다. 비록 살아 있는 동

안이라 하더라도 칭찬이 무슨 소용 있는가? 어떤 비천한 목적에 도움이 되게 하기 위해서라면 또 모른다. 그렇다 하더라도 당신의 마음이 내일 사람들이 당신에 대해서 무슨 말을 할 것인가에만 신경을 쓴다면, 오늘 자연이 당신에게 베푼 것을 거부하는 행위일 것이며 그 거부행위도 전혀 시기에 맞지 않은 것이 될 것이다.

20   그 나름대로 아름다운 어느 사물은 그 자체로부터 발생하는 미를 지닌 것이며 그 이상의 것을 요구하지 않는다. 그것에 대한 인간의 찬미도 아무 도움이 되지 않는 것이다. 왜냐하면 찬양에 의하여 더 나빠지고 좋아지는 대상은 없기 때문이다. 이 말은 보다 저급한 형태의 미에도 적용된다. 예컨대 자연의 대상물이나 예술작품의 경우가 그렇다. 어떤 진실된 미를 가진 대상은 그 밖에 또 무엇을 필요로 하겠는가? 실로 더 필요한 것이 없는 법이다. 법률, 진리, 친절, 예의도 마찬가지다. 이러한 품목들이 칭찬한다고 더 찬란해질 것이며 비난한다고 손상되는 것인가? 에머럴드가 칭찬이 부족하다는 이유로 미를 상실하는가? 금과 상아와 자포(紫袍)가 미를 상실하겠는가? 칠현금, 손칼, 장미 송이, 어린 관목이 그 미를 잃겠는가?

21   사후에도 영혼은 살아남는다면 우리 위에 있는 공기는 태고 이래 그 죽은 자들의 영혼을 수용할 공간을 어떻게 마련했을까? 아득한 옛날부터 매장된 인간의 시체를 수용할 공간을

대지는 어떻게 발견했을까를 묻는 편이 더 낫다. 잠시 휴식이 있고 나면 부패와 변화가 다른 시체를 위해 여분의 공간을 대지에 마련해주는 것이다. 마찬가지로 공기 속으로 옮아간 영혼은 변이와 분해에 앞서 잠시 공중에 머물러 있다가 다음 순간 다시 변전(變轉)되어 불로 변하고 우주의 창조적 원리로 환원되는 것이다. 이리하여 다른 영혼을 받아들일 여지가 생기는 것이다. 영혼불멸을 믿는 사람들의 해답은 바로 그러한 것일 것이다. 더욱이 우리는 그렇게 매장되는 인간의 시체에다 우리와 다른 동물이 매일 잡아먹는 동물의 수를 가산해야 한다. 이렇게 죽어서 자신을 잡아먹는 동물의 먹이가 되어 그 몸 속에, 이를테면 퇴적되는 수가 얼마나 많은 것인가! 그러나 그들은 피로 흡수되고 다음 순간 공기나 불로 변화되는 과정에 의해서 필요한 모든 공간은 다시 마련되는 것이다. 이 모든 것이 진실됨을 어떻게 발견할 것인가? 그것은 사물과 그 원인을 구별함으로써 가능하다.

22 정도에서 벗어나도록 내버려두지 말라. 어떤 충동이 일어나거든 우선 그 충동이 정의의 명령에 일치하는가를 살펴라. 어떤 인상이 형성되거든 우선 그것의 확실성을 확인하라.

23 오, 우주여! 나, 그대의 위대한 조화가 발하는 가락 하나하나에 순응하도다. 그대에게 알맞은 것이면 나에겐 너무 때가 이른 것도 늦은 것도 없도다. 오, 자연이여! 그대의 사계절이 생산하는 모든 것은 나를 위한 열매로다. 만물은 그대로부터

나온 것이며 그대 속에 존재하며 그대에게로 돌아가도다. "세크로프스의 사랑스런 도시여" 하고 시인은 부르짖었지만 우리는 "아름다운 신성 도시여!" 하고 부를 자격도 없도다.

24 "만족을 알고 싶거든 행위를 줄여라." — 이는 현자의 말이었다. 꼭 필요한 행위와 사회인으로서의 당신의 이성이 요구하는 행위와 보편적 이성이 요구하는 행위를 하도록 행위를 제한하라. 그렇게 하면 몇 가지 일이나마 잘 이행하는 데서 오는 만족이 도래할 것이다. 우리가 말하고 행하는 대부분의 것은 불필요한 언행인 것이다. 따라서 그러한 언행을 줄이면 시간과 수고를 덜게 될 것이다. 그러므로 인간은 모든 행위의 한 단계에 이를 때마다 "이 행위는 지나친 것이 아닐까?" 하고 자문해야 한다. 더욱이 쓸데없는 행동뿐 아니라 쓸데없는 생각도 억제해야 한다. 그래야만 불필요한 행동이 뒤따르지 않기 때문이다.

25 선한 인간의 생활, 다시 말해서 우주 속에서 자신에게 할당된 부분에 대해 만족하는 사람의 생활, 즉 행위에 있어 공정하기만을 희구하고 생활태도에 있어 자비롭기를 희구하는 사람의 생활을 영위할 능력이 자신 속에 있는가를 스스로 자문하라.

26 요사이에 있었던 구질구질한 일들을 보았을 것이다. 자, 이제 이곳을 보아라. 당신의 역할은 평온하고 소박하게 되는 것이다. 어느 사람이 부당한 짓을 하고 있느냐? 그 부당성은

다만 그 사람 자신에게 돌아가는 것이다. 무슨 일이 당신에게 닥쳐왔느냐? 상관 말라. 그것은 애당초 당신에게 할당된 우주의 운명 속에 자리한 당신의 팔자였던 것이다. 생기(生起)하는 다른 모든 것과 같이 당신의 운명의 거미줄로 짜넣은 한 가닥의 실일 뿐이다. 한마디로 말해서 인생은 짧은 것이다. 그러므로, 스쳐가는 시간으로부터 유익한 것을 움켜잡아라. 이성과 공정한 처사에 순종함으로써 그것을 움켜잡아라. 굽히지는 말되 온건하라.

27   우주가 질서정연한 것이든, 아무렇게나 모여졌지만 그럭저럭 우주를 형성하는 뒤범벅이든 상관없다. 그러나 나의 속에는 어느 정도의 질서가 존재하는데, 보다 큰 우주에는 무질서만이 존재한다는 일이 가능할 수 있는가? 다양함과 산란함이 있기는 하지만 자연의 각 부분 사이에는 일체감이 역시 존재하고 있는데도 그 무질서의 존재가 과연 가능할까?

28   음침하고 계집애 같고 고집 센 성격! 짐승, 들짐승의 성격, 어리석고 우둔하고 거짓되며 교활한 성격, 폭군의 성격 같으니!

29   우주 속에 무엇이 있는가를 알지 못하는 자를 우주의 이방인이라고 한다면 그 속에서 무엇이 일어나고 있는지를 모르는 자도 마찬가지로 이방인이다. 그러한 자는 이성적 사회로

부터 스스로 추방된 유형당한 죄수다. 오성의 눈이 먼 맹인이며, 스스로의 힘으로 살아갈 능력도 없이 남에게 신세 지는 거지이다(또한 이것은 결국 당신을 낳은 것과 꼭 같은 성격의 산물이겠는데). 자신의 운명을 거부함으로써 보편적인 자연의 이법으로부터 자신을 분리시키고 격리시키는 자는 우주의 흠집에 불과하다. 모든 합리적인 사물의 유일한 핵으로부터 자신의 영혼을 이탈시켜 표류시키는 자는 공동사회로부터 잘려나간 한 개의 다리에 불과하다.

30 　어떤 철인(哲人)은 옷을 입지 않았으며 어떤 철인은 책이 없다. 또 한 철인은 반라의 몸으로 "나는 빵은 없지만 이성은 있다"고 말한다. 나는 어떤가 하면, 학식의 결실은 이룩하지 못했지만 학문을 사랑한다.

31 　당신이 배운 직업에 온 정성을 쏟아야 한다. 그리하여 그 직업에서 생의 원동력을 끌어내야 한다. 당신의 남은 여생을 온 정성을 다하여 신을 섬기는 사람처럼 소비하라. 또한 이후부터는 어느 누구의 지배자도 노예도 되어서는 안 된다.

32 　예컨대 베스파시아누스 황제가 통치하던 시대를 생각하라. 그래, 당신의 눈에 무엇이 보이는가? 그때의 인간도 결혼해서 아이를 키웠고 병들어 죽고 싸우고 축제를 열고 흥정하고 농사짓고 아첨하고 자만하고 시기하고 계략을 꾸미고 저주의

말을 입에 담고 운명을 불평하고 사랑하고 재물을 모으고 왕좌와 권위를 탐했었다. 그때의 생활의 자취는 오늘날 남아 있지 않다. 자, 그러면 트리야누스 황제의 시대로 가보자. 역시 마찬가지였다. 그때의 생활 역시 자취를 감췄다. 다른 과거의 시대와 그 시대의 인간들의 기록을 살펴보아라. 짧은 생애에 걸쳐 피나는 투쟁을 겪고 나서 그들은 하나같이 모두 사라져 원소로 환원되지 않았는가! 운명적으로 수행하기 위해 태어난 의무를 확고히 이행하는 것에 만족하지 않고 허영을 추구하는, 당신이 아는 어떤 인간들을 생각해보라. 그런 경우, 어떤 대상의 추구는 추구하는 대상의 진가가 있어야 비로소 그것이 가치 있는 추구가 된다는 것을 명심하는 것이 중요하다. 그리하여 당신이 실망을 느끼지 않으려거든, 각별히 중요하지도 않은 일에 쓸데없이 열중하지 말아야 한다.

33   한때 유행하던 표현도 요즈음에는 사용되지 않고 있다. 전에는 가정에서 흔히 입에 오르내리던 이름들도 사실상 고어가 되어버렸다. 카밀루스, 카에소, 볼레수스, 덴타투스, 그 후의 사람으로는 스키피오와 카토, 아우구스투스와 심지어 하드리아누스과 안토니누스 등의 이름이 바로 그것이다. 모든 것은 사라져 이야기로 되었다가 좀더 시간이 지나면 망각이란 장막에 묻혀 버리는 것이다. 생전에는 영광의 절정에 있던 사람들에게도 모두 적용되는 말이다. 나머지 사람들은 어떤가 하면, 그들의 숨이 끊어지기가 무섭게 호머의 말을 빌자면 "다같이 사라져 인

구에 회자되지도 않는다." 결국 영원한 명성이란 무엇일까? 공허하고 허망한 것일 뿐이다. 그렇다면 우리는 무엇을 갈구해야 되는가? 바로 다음 것뿐이다. 정당한 사색, 이기심을 떠난 행위, 거짓을 말하지 않는 입, 각각 지나가는 사건을 보되 예정되고 기대되고 하나의 원천과 근원으로부터 나온 것으로서 환영하는 마음가짐이다.

34   순순히 운명의 직녀(織女) 클로토에게 몸을 맡겨서 그녀가 원하는 재료로 당신의 운명의 실을 짜도록 내버려두어라.

35   기억하는 자든 기억되는 자든 우리 모두는 하루살이인 것이다.

36   만물이 변화로부터 끊임없이 태동되고 있음을 관찰하라. 자연의 가장 큰 행복은 있는 사물을 변화시키고, 있던 사물을 모방하여 새로운 사물을 형성하는 작업에 존재한다. 현재 존재하는 모든 것은 어느 의미에서 장차 올 사물의 씨앗인 것이다. 씨앗이라면 땅이나 자궁에 심는 어떤 것일 뿐이라고 상상하는 것보다 철학자답지 않은 것은 없다.

37   얼마 안 있어 당신은 죽을 것이다. 그런데도 아직 당신의 마음은 갈피를 못 잡고 산란함을 초월하지 못하고, 또 외부로부터의 손해를 입지 않을까 하는 우려에서 벗어나지 못했고,

아직도 모든 인간들에게 자비롭지 못하며, 정당한 행위를 하는 것이 유일한 지혜라는 사실을 믿지 않고 있다.

38   무엇이 현명한 사람들의 행위를 이끌며 현자들이 무엇을 피하고 무엇을 추구하는가를 주의 깊게 관찰하라.

39   당신이 생각하는 손해는 남의 마음에서 오는 것도 아니며 당신 자신의 육체적 구조의 형태나 변화로부터 오는 것도 아니다. 그렇다면 어디서 오는 것일까? 손해를 평가하는 역할을 담당한 당신 자신이 지닌 어느 부분으로부터 오는 것이다. 그것의 평가를 거부하라. 그러면 만사는 호전될 것이다. 육체가 빈약하거나 빈약한 육체에 가깝거나 깊은 상처를 입었거나 화상을 입었거나 곪았거나 썩었거나 간에, 이러한 당신의 손익평가의 목소리로 눌러 조용히 있게 하라. 그 손해라는 것이 악인에게나 선인에게 다같이 일어나는 것이라면 악이니 선이니 하고 나발 불지 말도록 하라. 왜냐하면 자연의 이법을 준수하는 사람이나 그렇지 않은 사람을 불문하고 모든 인간에게 하나같이 닥쳐오는 것은 자연의 목표를 방해하지도 않는 것이며 자연의 목적을 증진시키지도 않는 것이기 때문이다.

40   우주를 생각하되 하나의 본질과 하나의 영혼을 가진 유기체로 생각하라. 그리고 모든 사물이 이 하나의 유기체가 지닌 하나의 지각에 매어져 있고 모든 것은 그 유기체의 충동에 의하

여 움직이고 모든 것은 일어나는 모든 사건의 원인으로서 역할하고 있음을 직시하라. 또한 이 실의 복잡성과 그 직조되는 천의 복잡성을 관찰하라.

41 "시체를 짊어진 불쌍한 영혼"— 이것은 에픽테투스가 당신을 두고 부르는 말이다.

42 변화의 산물이 선이 아닌 것처럼 변화 과정에 속해 있다는 것은 악이 아니다.

43 시간이란 강물이다. 만상의 끝없는 흐름이다. 하나의 사물이 눈에 띄었는가 하면 그것은 서둘러서 사라져가는 것이며 또하나의 사물이 뒤따라오는가 하면 그것도 차례로 흘러가 버리고 마는 것이다.

44 일어나는 모든 것은 봄철의 장미나 여름철의 과일처럼 정상적이며 예측되었던 것이다. 이 말은 질병, 죽음, 중상, 모략뿐 아니라 우둔한 인간들을 기쁘게 하고 괴롭히는 모든 다른 일에도 적용되는 것이다.

45 뒤에 이어 오는 것은 선행하는 것과 밀접한 관계가 있는 것이다. 단순히 연계의 법칙에 준하는 고립된 사상(事狀)의 진행이 아니라 그것은 합리적인 연계현상인 것이다. 더욱이 이

미 존재하는 것은 모두 조화적인 협조관계에 있는 것처럼 앞으로 존재할 사항들도 단순한 계승에 불과한 것이 아니라 연쇄의 기적을 나타내는 것이다.

46   "흙의 죽음은 바로 물의 탄생이며, 물의 죽음은 바로 공기의 탄생이며, 공기로부터 불이 나오고, 그 역도 가능하다"는 헤라클레이토스의 교훈을 늘 상기하라. "길을 걷는 사람은 이 길이 어디로 가는지 늘 망각한다"는 말과 "인간은 가장 가까운 동료(우주를 지배하는 이성)와 늘 사이가 나쁘다"는 말과 "그들은 이 동료와 매일 만나도 이 동료를 늘 타인으로 생각한다"는 말과 "우리는 잠자는 인간들처럼 행동하고 말해서는 안 된다"(사실 인간이 자면서 행동하고 말한다고 생각하는 것은 사실이다)는 말과 "부모들의 꾸중을 듣는 어린 아이들처럼" 행동하지 말라는 헤라클레이토스의 말을 기억하라. 다시 말해서 전통적인 교훈을 맹목적으로 따라서는 안 된다.

47   "내일 아니면 기껏해야 모레 너는 죽을 것이니라" 하고 어느 신이 당신에게 말한다면, 당신이 극히 천박한 인간이 아닌 바에는 그 죽음이 내일보다는 모레로 규정되었으면 하고 간절히 애원하지는 않을 것이다. 왜냐하면 그게 무슨 차이가 있단 말인가? 마찬가지 이치로 죽음이 여러 해 후에 닥치든 내일 닥치든 그다지 중요시하지 말라.

48　이제는 죽어 무덤에 있지만 과거에는 병에 걸린 환자를 내려다보며 이맛살을 찌푸리던 모든 의사들을 생각해보라. 근엄한 어조로 단골손님의 죽음을 예언하던 점성가들을 생각해보라. 죽음과 영혼불멸을 끊임없이 설파하던 철학자들, 수많은 사람의 목숨을 칼로 벤 위대한 장군들, 자신들은 결코 죽지 않을 신이나 되는 것처럼 충천하는 오만을 부리며 사람을 살리고 죽이는 권력을 휘두르던 폭군들, 헬리오폴리스, 폼페이, 헤르큘라네움과 같은 완전히 파멸된 도시와 수많은 다른 도시들을 생각해보라. 그 다음으로 당신의 친지들을 하나하나 상기해보라. 한 친우가 다른 친지를 어떻게 묻고, 묻힌 그 친지는 다른 친지들에 의해 무덤 속으로 내려져 어떻게 매장되었는가를 생각하고 그동안에 경과한 시간이 얼마나 순식간인가를 생각하라. 간단히 말해서 인간의 일생이 얼마나 덧없고 보잘것없는가를 유심히 관찰하라. 어제만 해도 한 톨의 정액이던 것이 내일이면 한 줌의 향료와 재로 되는 경로를 관찰하라. 그러므로 지상에서의 이 덧없는 순간을 자연이 시키는 대로 보낼 것이며 그러고 나서는 올리브가 철이 되어 땅에 떨어지듯 순순히 당신의 휴식의 상태로 돌아가라. 올리브는 자신을 낳아준 대지에 축복이 있기를 염원하고, 자신에게 생명을 안겨준 나무를 향해 감사하며 떨어진다.

49　파도가 와서 계속 부딪치는 물 언덕을 닮아라. 그것은 끄떡없이 서 있는 것이다. 이윽고 주위에 소란을 피우던 물은

잠잠해지고 만다. "나에게 이런 일이 일어나다니 나는 지겹게도 불행한 놈이다"라고 절대로 말하지 말아라. 오히려 "이런 일이 나에게 아무 원망을 안겨주지 않았고 현재에 의해 흔들리지 않았으며 미래로 인해 고심하지 않았으니 나는 다복한 사람이다" 라고 말하라. 이러한 일이 닥치지 않는 사람은 아무도 없다. 그러나 모두가 태연자약하게 그 상황에서 걸어 나오는 것은 아니다. 다른 사람은 행운이라고 여기는 마당에 혹자는 불행이라고 여기는 이유가 어디 있을까? 어느 일이 자기의 본성에 위반되지 않는 것이라고 해서 그것을 불행이라 명명할 수 있을까? 또한 자기 의지에 거역하지 않는 것이라 해서 그것이 과연 자기 본성으로부터의 이탈이 될 수 있을까? 그렇다면 당신은 당신의 의도를 이미 알고 있다는 뜻이 된다. 그렇다면 이미 일어난 어떤 일로 해서 당신은 공정하고 관대하고 절제 있고 정당하고 진지하고 자존심이 있고 독립심이 있는 사람이 될 수 없단 말인가? 그 밖에 인간의 본성으로 하여금 완성으로 귀착시키는 모든 다른 미덕을 지닌 사람이 될 수 없단 말인가? 당신으로 하여금 원한을 품게끔 유혹하는 일이 일어나면 앞으로 당신이 기억해야 할 원칙이 여기 있다. "이것은 불운이구나"가 아니라 "이것을 값지게 인종(忍從)하는 것은 행운이다"라고.

50   죽음을 대수롭지 않게 여기는 데 도움이 되는 것은 철학을 제외하고도 한 가지가 있는데 그것은 인생에 탐욕적으로 집착하는 자들을 상기하는 것이다. 도대체 젊어서 일찍 죽은 사

람보다 그들에게 우월한 점이 어디 있는가? 모든 경우, 언젠가 어디에서 흙은 그들을 덮어버리고 마는 것이다. 카디키아누스, 파비우스, 율리아누스, 레피두스, 그 밖의 다른 모든 인간들도 남들을 무덤에 묻어주고, 결국은 자신들도 남들에 의해 입관(入棺)되었던 것이었다. 따지고 보면 그들이 향유한 사형유예기간은 짧은 것이다. 이러저러한 환경 속에서 이러저러한 인간과 접촉하며 때로는 허약하기 짝이 없는 몸으로 고달프게 연명한 그 유예기간은 짧은 것이다. 그러니까 그 기간을 중요시하지 말라. 그 뒤에 놓인 시간의 심연과 앞으로 올 영원을 직시하라. 이러할진대 사흘밖에 못 산 어린애와 현명하게 오래 산 네스토르와 무슨 차이가 있는가?

51   언제나 지름길을 달려라. 첩경이란 말 한 마디, 행동 하나하나에 있어 완전한 건전성을 그 목적으로 삼는 자연의 본성이다. 그러한 목표는 근심과 투쟁뿐 아니라 모든 타협과 허세로부터 당신을 해방시킬 것이다.

5

1   아침에 눈을 뜨면 자리에서 떠나기 싫어도 다음과 같이 생각하라. '나는 인간의 일을 하기 위해 일어난다'고. 내가 태어나서 하기로 되어 있고 그 때문에 지상에 태어난 일을 착수함에 있어 내가 불평을 해서 되겠는가? 이 이불 밑에 누워 따뜻한 온기를 누리는 것이 나의 출생의 목적이란 말인가? "아, 그러나 이렇게 누워 있는 것이 더 유쾌하구나!" 그렇다면 태어난 목적이 일과 노력을 위해서가 아니라 쾌락을 위한 것이었던가? 식물과 참새와 개미와 거미와 꿀벌들을 보라. 그들은 각자에 상응하는 세계의 질서를 향해 그 나름대로의 역할을 하며 맡은 바 소임을 하느라고 모두 분주하다. 당신은 자연의 명령을 지체없이 이행하지 않고, 인간으로서의 맡은 바 일을 거부하겠는가? "하지만 사람은 휴식도 취해야 되지 않습니까?" 당연한 일이다. 그러나 휴식에도 자연이 규정한 한계가 있는 법이다. 음식과 술에도 한계가 있는 것이나 마찬가지다. 그런데 당신은 한계를 넘어서서 늦잠을 잤고 그 이상의 것을 취하고 있다. 반면에 행동에 있어서는 그 밖의 경우와는 달라서 당신이 이룰 수 있는

것을 줄여라.

당신은 자신을 진정으로 사랑하고 있는 것이 아니다. 진정으로 사랑한다면 당신은 당신의 본성과 본성의 의지를 사랑할 것이다. 자신의 특기를 사랑하는 기예가는 목욕과 음식까지 잊고 최선을 다하여 자신의 일에 땀을 흘린다. 그러나 당신은 조각가가 조각을 존중하고 무용가가 무용을, 수전노가 은화 더미를, 명예에 급급한 자들이 순간의 명예를 존중하는 것보다 자신의 본성을 존중하지 않고 있다. 이러한 인간들도 일에 열중하면 침식을 잊고 그들이 택한 기술을 향상시키려 하는 법이다. 당신에게는 사회에 대한 봉사가 전심전력할 가치가 없는 것이라고 느껴지는가?

2 귀찮고 훼방놓는 것 같던 인상을 제쳐놓고 망각하고 다음 순간 순식간에 극도의 마음의 평화를 누릴 수 있다는 것, 아, 그 얼마나 귀한 생의 위안인가!

3 자연과 일치하는 행동이나 발언을 할 수 있는 당신의 권리를 소중히 여겨라. 뒤에 따라올 비난이나 비판 때문에 일을 뒤로 미루지 말라. 만일 행하고 말해야 할 선량한 것이 있을 때에는 그것을 말하고 행할 권리를 포기하지 말라. 당신을 비판하는 사람들도 자신을 이끄는 그들 나름의 이유가 있는 것이며 그러한 비판을 하도록 자극한 충동이 있을 것이다. 그러나 그러한 비판의 말에 의해 눈길을 다른 데로 돌리지 말고 당신 자신의

본성과 보편적 자연의 길을 따라 곧바로 걸어가라(이 두 가지 길은 결국은 하나이다).

4   나는 쓰러져 죽을 때까지 자연의 길을 여행하겠다. 그리하여 내가 매일 들이마시던 대기 속으로 나의 마지막 호흡을 반환할 것이며, 나의 아버지가 씨를 얻고 어머니가 피를 얻고 유모가 우유를 얻었던 대지에 깊이 묻히리라. 그 오랜 세월 동안 나에게 매일같이 육류와 음료를 공급해주고 그렇게 무자비하게 남용되면서도 여전히 내가 그 표면을 짓밟기를 허용하던 대지에 묻히겠다.

5   당신은 재치에 있어서는 두드러지지 못할 것이다. 그래도 상관하지 말라. 그러나 당신이 "그런 것에는 소질이 없습니다"라고 말할 수 없는 수많은 특질이 있을 것이다. 이 특질을 개발하라. 왜냐하면 그것들은 전적으로 당신의 안에 존재하는 것이기 때문이다. 예컨대 그러한 특질이란 성실성, 존엄성, 근면, 냉정성 같은 것이다. 도박을 피하고 검소할 것이며 사려 깊고 솔직하라. 태도와 언어에 있어 절제하라. 위엄을 지녀라. 이 순간의 당신에게 있어 당신의 것이 될 수 있는 장점이 몇 가지나 되는가 살펴보아라. 그러한 장점을 발휘할 능력이 없다느니 소질이 없다느니 하는 말은 결코 할 수 없을 것이다. 그럼에도 불구하고 당신은 자진해서 저급한 차원에 머물러 있으려 한다. 게다가 다투고, 인색하게 굴고, 지나친 아첨을 하고, 약한 건강

을 탓하고, 비굴하다가도 뻐기고, 걷잡을 수 없이 마음이 변하는 그러한 발작증을 촉진하는 것이 타고난 능력의 결핍 때문인가? 결코 그렇지 않다. 이러한 증세는 벌써 오래 전에 탈피할 수 있었던 것이며 단지 이해가 늦고 둔하다는 비난 이외에는 탓할 데가 없었을 것이다. 그런데 이 우둔한 이해력은, 당신이 연마를 소홀히 하지 않고 주제넘은 행위에서 쾌감을 얻지 않는다면 연마에 의해 시정될 수 있는 것이다.

6 어떤 사람은 당신을 돕고 나서는 지체없이 그것에 대한 공치사를 받으려고 한다. 또 다른 유형의 사람은 그렇게까지는 하지 않지만 여전히 속으로는 당신을 채무자로 간주하고 자기가 베푼 일을 항상 염두에 둔다. 그러나 또 한편으로는 포도송이를 생산하고 나서는 자신이 만든 충실한 열매에 대해 감사를 기대하지 않는 포도나무처럼 자기가 이룩한 것을 전혀 염두에 두지 않는 그러한 사람이 있다고 말할 수 있다. 달리는 말이나 사냥을 한 사냥개나 꿀을 만드는 벌이 감사를 기대하지 않듯, 포도나무나 말과 개나 벌처럼 선한 일을 행한 사람은 그것을 과시하지 않으며, 포도넝쿨이 다음 여름의 포도를 낳는 작업으로 옮겨가듯 곧장 또 하나의 선행으로 직행한다. "당신의 말에 의하면 우리는 무의식적으로 일을 해야 한다는 말입니까?" 하고 당신은 반문할 것이다. 그렇다. 그러나 우리는 행동할 때 의식은 있어야 한다. 왜냐하면 "자신의 행동이 사회적인 것이라는 의식은 사회적 동물의 표시이다"라는 말이 있기 때문이다. "그

러나 분명 사회가 그런 행위를 알아주었으면 하는 소망도 사회적 동물의 표시가 아닙니까?" 하고 당신은 반문할 것이다. 분명 옳은 말이다. 그러나 당신은 내가 경고하는 말의 뜻을 포착하지 못하고 내가 위에서 열거한 인간들과 같은 계열로 자신을 타락시키고, 따라서 그들과 같이 어떤 고식적인 논리에 의해 오도되고 있는 것이다. 내 말의 뜻을 이해하라. 그러면 그 때문에 사회적 의무를 저버리는 행위로 끌려들 것이라는 걱정은 필요 없게 될 것이다.

7 "오, 제우스 신이여, 아테네의 들과 평야에 비를 내려주소서." 이것은 아테네 인들의 기도이다. 기도란 애당초 드리지 말든가 드리려면 이처럼 단순하고 순박해야 한다.

8 "아이스쿨라피우스는 승마나 냉수욕이나 맨발로 걸으라는 처방을 내렸다"는 말이 있듯이 자연은 질병, 불구, 사별, 혹은 다른 무기력을 처방한 것이다. 전자의 경우 처방이란 환자를 위해서 특별한 치료를 명령하는 것을 의미했다. 그와 마찬가지로 후자의 경우 어떤 특정한 사고는 우리의 운명을 위해 명령된 것이다. 실상 벽이나 피라미드의 네모난 돌이 서로 잘 들어맞아 통일된 전체를 이룰 때 그것을 가리켜 "서로 합일이 이루어지다"라고 미장이가 말하는 것처럼 우리는 불운과 '합치되었다'고 표현될 수 있다. 이렇게 서로가 서로를 완성함은 전 우주의 원리이다. 수많은 개체가 결합되어 하나의 우주적 개체를 이

루듯 수많은 원인이 결합되어 하나의 우주적 원인이 되는데 그것이 바로 운명이다. "마침내 그에게 올 것이 왔다"라고 말할 때 이 말을 한 범인도 이 운명을 깨닫고 있는 것이다. 사실 올 것이 온 것이었다. 다시 말해서 그것은 그에게 처방된 것이었다. 그러니까 우리는 아이스쿨라피우스의 처방을 받아들이듯 그러한 일들을 받아들이기로 하자. 즉 그것은 입에는 쓰지만 건강을 위해서 기꺼이 삼켜야 한다. 자연의 명령의 이행과 완수를 대할 때 신체의 건강을 보는 관점으로 대해야 한다. 설사 우리에게 닥쳐오는 것이 입에 쓰다 하더라도 우리는 그것을 항상 기쁘게 받아들여야 한다. 왜냐하면 그것은 우주의 건강이 이로운 것이며 제우스 자신의 행복과 선행으로 인도하는 것이기 때문이다. 우주는 전체를 위하는 것이 아니면 어떤 개인에게도 어떤 운명을 안겨주지 않는다. 자연은 그것이 지배하는 것에게 무슨 일이 일어나도록 할 때에는 반드시 그것에게 이익이 되도록 고안하는 습성이 있다. 따라서 당신에게 일어나는 일을 기꺼이 받아들여야 되는 이유가 두 가지 있다. 첫째, 그것은 원초적 원동력이라는 융단의 씨줄을 이루는 한 가닥으로서, 당신에게 일어났으며 당신을 위해 처방되었으며 당신에게 관련된 것이기 때문이다. 둘째, 모든 개인에게 배당된 일이란 우주를 관장하는 섭리의 증진과 완성과 생존을 위한 여러 요인의 하나이기 때문이다. 이 지속되는 연쇄 중에서 어느 한 개의 분자 — 그것이 아무리 작은 분자라 하더라도, 또한 그것이 원인에 속하는 것이든 다른 구성요소에 속하는 것이든, 그것을 떼어버리면 전체를 손상하는 행위이다. 따라서 불만에 사로잡힐 때마다 당신은 당신의 제한된 능력 안에서 그러한 파괴와 단절을 조치하고 있는 것이다.

9   이따금 실제와 교훈이 일치하지 않는다고 해서 괴로워하거나 낙담하거나 절망에 빠지지 말라. 실패할 때마다 다시 도전하라. 그리고 대부분의 경우에 있어 인간으로서 마땅히 처신할 수 있다면 신에게 감사하라. 그러나 당신이 되돌아가서 의존하는 원리에 대한 순수한 사랑을 품어라. 학생이 스승을 찾아가는 기분으로 당신의 철학으로 되돌아갈 게 아니라 안질환자가 달걀과 해면으로 된 로션을 찾듯, 또는 다른 환자들이 찜질과 관수(灌水)를 찾듯 당신의 철학을 찾아라. 이러한 이성에의 순종은 대중 앞에서의 과시를 위한 것이 아니라 당신 개인의 위안을 도모하는 행위일 것이다. 또한 철학은 오로지 당신 자신의 본질이 희구하는 것만을 희구한다손 치더라도 당신 자신은 자연에 어긋나는 어떤 다른 것을 희구하고 있었다는 것을 명심하라. "도대체 더 유쾌한 일이 또 어디에 있을 수 있습니까?"라는 반문은 바로 쾌락이 당신을 기만하는 동기가 아니고 무엇이겠는가? 영혼의 고매함이 더 유쾌하지 않을까? 하고 생각하라. 솔직, 소박, 친절, 경건이 더 유쾌하지 않을까? 아니, 추리 능력과 인식 능력의 활동이 진행될 때 보이는 정확성과 순탄도를 상기해볼 때, 지성의 활용보다 더 유쾌한 것이 있을 수 있을까를 생각해보라.

10   진리로 말하면 언제나 모호 속에 가려져 있기 때문에 유명한 철학자들은 어떤 확고한 이해에 도달할 수 없다고 주장한다. 심지어 스토아 학파들도 사물의 파악이란 난관으로 둘러싸인 것이며 우리의 지적 결론이란 오류를 범하기 쉽다는 것을 인정한다. 왜냐하면 오류를 범하지 않는 사람이 어디 있겠는가? 이러한 화제로부터 보다 물질적인 대상으로 주의를 돌려 생각해보자. 이 물질적인 대상들이란 얼마나 덧없고 무가치한 것이냐! 방탕아나 매춘부나 죄인을 막론하고 누구나 소유하고 있는 것이다. 또한 당신과 교우하는 사람들의 인격을 살펴보아라. 그들 중에서 가장 유쾌한 인물조차도 우리가 참아주기 어려울 때가 있다. 그런 이유로 해서 우리 자신을 참고 용납하기가 어려워진다. 그러니까 이 암흑과 진구렁 속에서, 실체와 시간의 끊임없는 유전 속에서, 부과되는 변화와 인종되는 변화의 유전 속에서는 찬탄할 가치 있는 것이나 진지하게 추구할 가치 있는 대상을 생각해내기란 나로서는 힘들다. 사실이 그렇다. 따라서 인간이 해야 할 일이란 기운을 내어 자연히 닥쳐오는 죽음을 조용히 기다리며, 그 죽음의 시간이 지체된다 해서 불평함이 없이 다음의 두 가지를 생각하는 데서 유일한 위안을 찾는 일이다. 첫째는 우리에게 일어나는 것처럼 자연에 일치하지 않는 것은 없다는 생각이며, 둘째는 자신 속에 자리하고 있는 신성에의 거역을 삼가는 능력이란 바로 나의 손에 있다는 생각이다. 왜냐하면 그러한 명령 불복종을 우리에게 강요할 수 있는 사람은 존재하지 않기 때문이다.

11   지금 나는 나의 영혼의 능력을 무엇에 활용하고 있는 것일까? 모든 행위를 개시할 때마다 이런 관점에서 당신 자신을 반성하라. 그리고 나서 "내 속에 있는 소위 지배적 부분과 어떤 관계에 있을까? 이 순간 누구의 영혼이 내 속에 기거하는가? 어린애의 영혼인가? 아니면 소년이나 여자나 독재자의 영혼일까? 말 못하는 소의 영혼인가 아니면 야수의 영혼인가?" 하고 자문해보라.

12   '선'에 대한 일반적 개념은 다음과 같은 방법으로 측정될 수 있다. 사람이 마음속으로 선이라고 생각하는 것들은 신중, 절제, 공정, 확고부동과 같은 것들이다. 그런데 그러한 선입관에 사로잡힌 사람은 "선의 종류가 많기도 하구나!"라는 옛 농담을 파악하지 못할 것이다. 왜냐하면 가지 수가 너무 많다는 것은 의미가 없기 때문이다. 반면 사람이 선을 구성하는 것이 무엇이냐에 대한 속된 개념을 공유한다면 그 농담에는 무엇인가 찌르는 곳이 있음을 깨닫고 그 농담의 재치를 쉽게 이해할 것이다. 실상 대부분의 인간은 이러한 가치관을 소중히 여기고 있으며 그러한 재치 있는 말에 분개하지도 않으며 외면하지도 않는다. 만일 농담이 부와 사치나 명성을 증진시키는 대상에 대한 풍자일 경우에는 그것을 재치 있고 현명한 말로 받아들일 것이다. 이제 그것의 측정으로 말머리를 돌리기로 하자. "그 사람은 선을 너무 많이 가지고 있어서 편안히 자기 몸을 은신할 여유가 없단 말야"라는 농담이 그럴듯한 의미를 가지고 있다는 생

각이 들 경우, 그러한 것들을 중요시하고 또 선으로 간주하는 것이 옳은 일인가를 자문하라.

13   나는 형식적인 요소와 물질적인 요소로 구성된 존재다. 이 두 요소는 어느 것이나 무(無)로부터 나오지 않은 것과 같이 무로 환원하는 것도 아니다. 결과적으로 나의 모든 부분은 언젠가 변이 과정을 거쳐 재주조되어 우주의 어떤 다른 부분으로 변할 것이다. 또한 우주의 다른 부분으로 된 것은 다시 다른 부분으로 변하는 과정을 지속하여 영원까지 이어질 것이다. 내가 태어나고, 나 이전에 나의 부모들이 태어난 것도 다 이와 동일한 과정에 의한 것이다. 이 경우는 앞에 말한 것과는 반대 방향으로 영원히 계속된다(영원이란 말은 설사 우주가 실제에 있어 유한한 주기를 가지고 순환한다 하더라도 이곳에 적용될 수 있다).

14   이성과 추리활동은 그 자체로서 충분한 능력이다. 본래 그런 것이며 활동 방법에서도 그렇다. 이성과 추리가 최초의 원동력을 얻는 것은 자체 속에 있는 원천으로부터이다. 이성과 추리는 자체가 정한 목표를 향하여 곧장 여행한다. 따라서 이런 종류의 행동은 '곧은 행동'이란 명칭이 붙게 되는데 그것은 그들이 가는 길에서 빗나가지 않는다는 뜻이다.

15   인간으로서의 개인에게 속하지 않는 것이라면 그 속성

들은 그 개인의 속성이라고 말할 수 없다. 그러한 속성을 그에게서 바랄 수도 없다. 왜냐하면 그의 성품이 그런 속성에 대한 기약도 제시하지 않거니와 그것에 의하여 완성되지도 않기 때문이다. 따라서 그 속성들은 그의 인생의 목적을 나타내지도 않으며 그 목적으로의 수단인 선도 나타내지 않는다. 더욱이 만일 인간의 타고난 유산 중에 그러한 선과 선으로의 수단과 같은 것도 포함되어 있다면 도저히 그런 속성들을 경멸하고 반대할 수는 없었을 것이다. 또한 그러한 것들이 없이도 지낼 수 있는 능력은 칭찬의 이유가 되지 못했을 것이다. 또한 그것들을 참된 선이라고 인정하면서도 그것들의 진가를 인정하지 않는 행위도 칭찬을 받을 자격이 없을 것이다. 그러나 실은 이러한 것들을 자신에게서 제거하거나 제거되도록 허용하면 할수록 그 사람은 더 선량한 사람으로 성장한다.

16 당신의 마음은 당신이 습관적으로 품는 생각을 닮아갈 것이다. 즉 영혼은 사상의 색채로 염색되기 때문이다. 그렇다면 다음과 같은 일련의 사상으로 당신의 영혼을 염색하라. 예컨대 삶이 가능한 곳에서는 올바른 생활이 가능하다. 궁전에서도 삶은 가능하다. 그러니까 올바른 생활도 가능하다. 또한 각개의 사물의 창조 이면에 존재하는 목적은 그것의 발전을 결정한다. 따라서 그것의 발전은 방향을 그 목적의 달성으로 정하게 되는 것이며 그 목적은 그 사물의 주된 이익과 선으로 이끄는 단서를 제공한다. 그러므로 이성이 있는 인간의 지고의 선은 이웃과의

우애이다. 왜냐하면 우애가 인간창조의 목적이었음은 벌써 밝힌 바 있다(하등한 피조물은 고등동물을 위하여 존재하고 고등동물은 서로를 위해 존재한다는 것은 분명하지 않느냐? 생명이 있는 피조물은 생명이 없는 피조물보다 고등함은 물론이고 이성이 있는 인간은 그중에서 가장 고등한 것이다).

17   얻을 수 없는 것을 추구하는 것은 미친 행위이다. 그러나 지각 없는 자들은 그러한 추구를 삼가지 않는다.

18   자연이 인간에게 견딜 수 있도록 해주지 않는 것은 여하한 것도 인간에게 일어나지 않는다. 당신의 이웃의 경험도 당신의 경험과 다를 것이 없다. 그러나 그 이웃은 일어난 일에 대하여 인식이 없어서인지 아니면 자신의 용기를 과시하고 싶어서인지 끄떡없이 위축되지 않고 서 있다. 그러한 무지와 허세가 지혜보다 더 강한 것으로 인정되다니 얼마나 수치스런 일인가!

19   외적 사물은 영혼에게 추호의 영향도 미칠 수 없다. 사물은 영혼으로 들어가는 길을 알지 못하며 영혼을 흔들어놓거나 움직일 능력이 없다. 영혼은 혼자서 흔들리고 움직이는 것이다. 영혼은 자체가 인정하는 판단 기준을 가지고 있으며 그 기준에다 모든 경험을 적응시킨다.

20   내가 나의 동료 인간들에게 선행을 하고 그들과의 생활

을 참아주어야 한다는 이유에서 본다면 인간이 나에게 가장 가깝다. 반면에 개개의 인간들은 나의 영역에 속한 활동을 방해하고 있기 때문에 그런 점에서 인간은 나에게 태양이나 바람이나 들짐승들처럼 나와 무관한 존재이다. 다른 사람들이 어떤 나의 행위의 수행을 방해하는 것은 사실이다. 그러나 나의 의지와 나의 기질을 방해하지는 못한다. 왜냐하면 나의 의지와 기질은 늘 자제되어 자체를 보호하며 환경에 적응하기 때문이다. 정신이란 모든 활동의 장애물을 피하며 오히려 그의 주된 목표를 증진시키도록 전용시킬 수 있어서, 그 활동의 장애요소는 오히려 보조물이 되며 그 진행로를 막는 장벽도 전진에 도움이 된다.

21   우주 속에 담긴 가장 고귀한 것을 존중하라. 다시 말해서 모든 것이 섬기는 대상이며 모든 것을 규율하는 대상을 존중하라. 역시 마찬가지로 당신의 속에 담긴 가장 고귀한 것을 존중하라. 그것은 전자와 일치되는 것이다. 왜냐하면 당신의 속에 있는 그것도 당신의 모든 다른 부분이 섬기는 대상이며 당신의 생활을 지배하는 것이기 때문이다.

22   도시에서 해를 끼치지 못하는 것은 시민에게도 해를 끼치지 못한다. 해를 입었다고 생각되는 경우에는 "만일 이 도시가 해를 입지 않았다면 나도 해를 입지 않았다"는 원칙을 적용하라. 그러나 도시가 실제로 해를 입었을 경우라 하더라도 그 죄인에게 분개하지 말고 어떤 점에서 그의 생각이 모자랐나를

발견하라.

23   존재하는 것과 앞으로 존재하게 될 사물이 우리를 스쳐 지나가 사라지는 그 속도를 생각하는 기회를 자주 가져라. 거대한 '존재'의 강은 쉬지 않고 흐른다. 그것의 활동은 영원한 변화를 가져오는 것이며 그것의 원인 또한 영원히 변화를 거듭하는 것이어서 단 한 가지의 사물도 정지하지 못한다. 한편 영원은 우리의 앞과 뒤로 한없이 뻗어간다. 그것은 바로 모든 것이 그 속으로 사라져 보이지 않게 되는 심연이다. 이러한 상황에서도 인간은 그의 고뇌의 시간이 오래 지속되거나 하듯이 잡아당기고 초조해 하다니 참으로 어리석다.

24   만유의 총체를 생각하고 당신이 차지하는 부분이 얼마나 미소한 것인가를 생각하라. 무한한 시간을 생각하고 당신에게 할당된 시간이 얼마나 덧없는 촌음에 불과한가를 생각하라. 운명을 생각하고 당신은 그것이 얼마나 보잘것없는 부분인가를 생각하라.

25   어떤 사람이 나에게 부당한 처사를 저지르고 있는 것이 아닐까? 그것은 그 사람이 고려할 문제인 것이다. 그의 기분과 그의 행동은 그 사람에게 속하는 문제이다. 나는 어떤가 하면 우주의 섭리가 나더러 받아들이라고 명령하는 것을 받아들일 뿐이며 나 자신의 본성이 나더러 행동하기를 원하는 대로 행동

하고 있을 뿐이다.

26 고통이든 쾌락이든 육체의 감성이 영혼의 주된 부분과 으뜸되는 부분에게 영향을 미치도록 방치하지 말라. 영혼이 육체의 감성에 휘말리지 않도록 유의하라. 영혼은 그 자체의 영역에 국한되어야 하며 감성은 감성으로서의 고유영역에 국한되어야 한다. 만일(하긴 어떤 육체에 스며드는 공감을 통해서 일어나는 경우인데) 그러한 감성이 마음에 스며 들어오면 그 육체적 감각을 물리치려고 애쓸 필요는 없다. 다만 지배적인 이성이 이러한 감각을 선하다든가 악하다든가 하는 그 나름의 억측은 삼가야 한다.

27 신들과 더불어 살아가라. 신과 함께 산다는 것은 신이 부여한 것에 만족하는 태도를 늘 신에게 보이는 것이며, 제우스가 각자의 지배자 내지 인도자가 되라고 부여한 부분인 내면의 신성 — 이 신성의 의지를 충족시키는 것이다. 그 신성이란 지성과 이성이다.

28 기분 나쁜 겨드랑 냄새나 악취가 당신을 분개시키는가? 그러한 것에 대한 분노가 당신에게 무슨 소용이 되는가? 그 사람이 현재 지닌 입과 겨드랑을 부여받은 그 상태는 그러한 냄새를 풍기지 않을 수 없는 것이다. "하지만 그 친구도 이성이 있으니까 그것에 신경만 쓰면 자신이 남들을 기분 나쁘게 하고

있다는 것을 잘 알텐데" 하고 말하겠는가? 옳은 말이긴 하다. 그러나 당신 자신도 이성이 있는 사람이다. 그러니까 당신의 이성을 활용하여 그 장본인을 설득하여 당신과 같은 이성을 갖게끔 하라. 설명하고 타이르라. 그가 당신의 말에 주의를 기울인다면 당신은 그를 치료한 것이다. 분개할 필요도 없을 것이다. 분개하는 역할은 배우나 매춘부에게 일임하라.

29   저승에 가서는 이러저러하게 살겠다고 생각되는 바로 그 방식으로 이 지상에서 사는 것은 가능하다. 그러나 사람들이 그것을 허용하지 않는다면 생을 하직하라. 그렇다고 학대를 받았다는 느낌으로 하직하지는 말아라. "오막살이에 연기가 나고 있으니 나는 밖으로 나왔노라" 하는 식으로 하직하라. 하직을 하되 수선 떨 필요는 없다. 그러나 그렇게 나더러 떠나기를 강요하는 것이 없는 한, 나의 주인인 나는 이곳에 남은 것이다. 아무도 나의 선택을 방해하지는 않는다. 그런데 내가 선택하는 길은 자연이 이성적인 사회적 동물에게 명하는 삶을 누리는 것이다.

30   우주정신은 사회적이다. 여하튼 그것은 보다 고등한 자에게 봉사하도록 보다 하등한 것을 창조했고 고등한 자들로 하여금 상호 의존하도록 서로서로를 연관 지어놓았다. 어떤 것이 어떻게 예속되고 다른 것들이 어떠한 관계를 맺고 있으며 각기 모두는 각각에 알맞은 보답이 부여되고 있는 것이며 그중에서도 더 탁월한 존재는 서로 결합되어 상호간의 조화를 어떻게 유

지하고 있는가를 관찰하라.

31 당신은 과거에 신에게, 부모와 형제에게, 아내와 자식에게, 스승과 개인교수에게, 친구와 친척과 집안 시종들에게 어떻게 처신했는가? 현재까지의 이러한 모든 대인 관계에서 "단 한 사람에게나마 가혹한 말이나 공평치 못한 행동을 하지나 않았을까?"라고 읊은 호머의 시귀를 적용시킬 수 있느냐? 당신이 체험한 모든 것, 당신이 참을 수 있었던 모든 것을 상기해보라. 당신의 인생은 끝나고 당신의 봉사도 막을 내렸다는 사실을 상기하라. 당신이 이제까지 본 아름다운 경치와 당신이 체험한 쾌감과 고통을 상기해보라. 멸시의 눈으로 바라본 많은 영광과 경박한 인간들에게 보여준 많은 배려를 상기하라.

32 재주도 없고 학식도 없는 사람들이 유능한 자나 현명한 자들을 당황케 할 수 있는 경우가 있는데, 그건 어찌 된 일일까? 그것은 사실이다. 하지만 진실로 재능이 있고 현명한 영혼의 소유자란 누구를 의미하는가? 만유의 시작과 끝을 알며, 우주로 하여금 끝날까지 정연한 궤도를 순환하도록 명령하는 만유편재적 이성을 알고 계시는 그분뿐이다.

33 잠시 후 당신은 재나 앙상한 뼈로 화할 것이다. 하나의 이름만이 남을 것이다. 아니 어쩌면 이름조차도 사라질 것이다. 하긴 이름이란 공허한 소리에 불과하며 반복음에 불과한 것이

아닌가! 인간들이 생애 속에서 중요시하는 모든 것은 헛된 것이며 부패며 쓰레기일 뿐이다. 인간들이란 싸우는 강아지들이다. 아니면 한순간 웃다가 다음 순간 울어대는 보채는 아이들이다. 신의와 예절, 정의와 진리는 '험악한 지상을 떠나 올림푸스 산으로' 자취를 감추고 말았다. 그렇다면 당신을 이곳 지상에 묶어두는 것은 무엇인가? 감각대상이란 변하기 쉽고 덧없는 것이며 감각기관은 흐려지고 쉽사리 오도되는 것이며 가련한 인간의 영혼 그 자체도 피로부터 토해낸 증기에 불과하며, 그러한 상황에서 세인의 찬양이란 것도 헛된 것에 불과하다. 그렇다면 어찌 할 것인가? 용기를 갖고 끝까지 기다려라. 그 종말이 소멸이든 변형이든 상관없다. 그 종말의 시간이 올 때까지 필요한 것이란 도대체 무엇이냐고 묻겠는가? 참 그것도 모르는가? 신을 경배하고 신에게 축복을 올리는 일 이외에 무엇이 있겠는가? 인간들에게 선행을 베풀어라. 참고 관용하라. 이 인간의 빈약한 육신과 호흡 영역 밖에 있는 것은 당신이 상관할 바가 아니며 당신의 능력으로 해결되는 것이 아님을 명심하라.

34 꾸준히 일을 해나가라. 당신의 생각이나 행동에 있어 곧은 길을 유지하라. 그러면 당신의 나날은 영원히 평온하게 흘러갈 것이다. 인간의 영혼이란 모든 이성 있는 피조물의 영혼처럼 신의 영혼과 공통된 두 가지 특징이 있다. 그것은 외부의 것으로부터 파괴되지 않으며 그것의 선은 올바른 성격과 행동에 존재하며 모든 소망을 그것으로 한정하는 데에 존재한다.

35 어떤 일이 나의 죄가 아니거나 나의 죄에 의하여 야기된 것이 아니거나, 사회가 그것으로 인하여 해를 입지 않는다면 그 일에 신경을 쓸 이유가 어디 있는가? 그런 일이 어떻게 사회에 해를 끼칠 수 있겠는가?

36 첫인상을 보고 성급히 판단하는 사람으로 타락하지 말라. 곤경에 처한 사람들을 돕되 당신의 능력껏 도울 것이며 알맞게 도와라. 그러나 만일 그들이 넘어졌을 때 그것이 도덕적으로 별 중요한 일이 아닐 경우에는 그들이 진실로 다쳤다고 생각해서는 안 된다. 왜냐하면 그런 것은 좋은 관습이 못 되기 때문이다. 오히려 그러한 경우에는 옛날의 어느 노인처럼 행동하라. 즉 그 노인은 노예 소녀의 팽이가 단지 팽이에 지나지 않는 것을 알면서도, 떠나는 마당에 와서는 그 팽이를 갖고 싶어 못 견디는 시늉을 했던 것이다.

    인간들아, 광장의 연단에서 지지를 호소할 때, 당신은 무엇을 하고 있는지 잊고 있단 말인가? "잊을 리 있습니까? 하지만 이 인간들은 이런 일을 극히 대수롭게 여깁니다"라고 당신은 대답하리라. 그렇다고 당신까지 바보가 되려는가? 나는 이제까지 행운의 총아였다. 다시 말해서 행운의 총아란 행운의 훌륭한 선물을 자신에게 부여했다는 뜻을 갖고 있다. 선량한 기질, 선량한 충동, 선량한 행위라는 훌륭한 선물 말이다.

6

1   우주에 담긴 물체는 온순하고 유연하며, 그것을 관장하는 이성은 악을 행할 아무 이유도 가지고 있지 않다. 왜냐하면 그것은 악의가 없으며 해코자 하는 의도를 가지고 행하는 일은 없다. 또한 여하한 것도 우주의 이성에 의해 해를 입지 않는다. 만물은 그것의 명령으로 출생하여 완성된다.

2   옳은 일을 행할 때에는 추위로 몸이 얼든 따뜻한 불 곁에 있든 상관하지 말라. 졸려서 눈이 무겁든 수면을 잘 취해서 몸이 거뜬하든, 비난을 받든 갈채를 받든, 죽음에 직면했든 어떤 다른 일에 직면했든 상관하지 말라(왜냐하면 죽음도 삶의 한 가지 임무의 일부이며 죽음에서도 그 순간의 일이 잘 행해졌는가를 보는 것만이 요청되기 때문이다).

3   사물의 내면을 보라. 사물의 고유한 특질과 가치를 간과하지 말라.

4   모든 물상(物象)은 순식간에 변한다(만일 우주의 본질이 실로 통합이라면). 승화에 의해서이건 분산에 의해서이건 변화하는 것이다.

5   통제자인 이성은 그 자체가 처해 있는 모든 조건을 이해하며 그 활동의 목적과 재료를 완전히 이해하고 있다.

6   모방을 삼가는 것이 최선의 복수책이다.

7   늘 신을 염두에 두고 사회에 대해 이런 봉사, 저런 봉사를 아끼지 않는 것에서 기쁨과 활기를 찾아라.

8   우리의 주인인 이성은 스스로 각성하며 스스로 방향을 정하는 것이다. 그것은 장차 되고 싶은 것으로 자체를 변형시킬 수 있을 뿐 아니라 자체가 원하는 형태를 그것이 닥치는 모든 것 위에다 부각시킬 수도 있다.

9   만물은 유일한 우주적 자연이 지시하는 대로 완성에 이른다. 왜냐하면 밖에서 그것을 포용하는 것이든 그 자체가 자체 내에 포함하고 있는 것이든 그것과 격리되어 초연히 존재하는 것이든 그 우주적 자연과 대등한 자연은 없기 때문이다.

10   세계는 되는 대로 얽혀진 집합과 이산의 잡탕이거나 아

니면 질서와 섭리의 통합체이다. 만일 세계가 전자라면 그러한 목표도 없고 혼란된 와중에서 생존하고 싶어할 이유가 어디 있는가? 흙으로 돌아가는 궁극적인 거동 이외의 다른 것에 신경을 쓸 이유가 어디 있는가? 결국 내가 무슨 일을 하든 조만간 분해 작용이 나를 엄습할진대 나의 머리를 괴롭히는 일이 도대체 어디 있을까? 그러나 후자의 가정이 사실이라면 나는 그 지배적인 권능을 경배하고 확고히 서서 그 권능을 신봉하겠다.

11 환경의 힘이 당신의 평정을 교란시킨다면 지체없이 당신의 자제력을 회복하고, 될 수 있는 한 빨리 마음의 평정을 회복하라. 평소의 자기 자신으로 되돌아옴으로써 마음의 평정을 좌우하는 능력을 증가시킬 수 있을 것이다.

12 만일 당신에게 친모와 계모가 있다면 계모에 대한 의무도 다해야 될 것이다. 그러나 여전히 생모에게 돌아가고 싶을 것이다. 그와 마찬가지로 여기에 다른 두 가지를 당신은 갖고 있다. 그것은 궁정과 철학이다. 되풀이해서 철학으로 돌아가 기분전환을 구하라. 그렇게 되면 궁정생활도 참을 수 있고 그 속에서 당신도 괴팍한 사람이 되지 않을 것이다.

13 당신의 앞에 고기나 다른 맛 좋은 것이 있을 때, 이것은 죽은 생선이며 죽은 가금이며 돼지라고 생각하라. 또는 이 팔러니아 산 포도주는 포도송이로부터 짜낸 즙이며 나의 자포는 조

개류로부터 얻은 피로 얼룩진 양모이며 육체관계는 두 인간의 마찰이며 정액의 사정에 불과하다고 생각하라. 이런 생각은 사물의 근저에 이르게 하는 것이며 사물 속을 꿰뚫고 들어가 그 본질을 나타내는 것이다. 같은 과정을 인생의 모든 분야에 적용시켜야 한다. 어떤 사물에 부여하는 신뢰도가 그럴듯할 때에도 그것을 벗겨놓고 그것의 무익함을 관찰하라. 그리하여 그것으로부터 그것을 정의하는 요설의 장막을 박탈해야 한다. 허장성세는 가장 위험한 기만적 존재이며 당신의 일이 가장 신비하다고 상상할 때 가장 기만적이다. 크라테스가 크세노크라테스에 대하여 한 말을 명심하라.

14 속인들은 예컨대 재목, 돌, 무화과나무의 숲, 포도넝쿨, 올리브와 같이 단순한 무기화학적 결합이나 자연의 과정에 의하여 존재하는 유치한 서열에 속하는 사물에다가 그들의 찬양을 국한시킨다. 보다 고도로 계몽된 인간은 가금의 무리나 가축의 무리같이 생명을 가진 사물에 끌린다. 한 걸음 더 세련된 자들은 이상적인 영혼을 찬양한다. 그러나 아직 우주적 이성의 한 부분이라는 의미에서가 아니라 단순히 공예나 수예의 솜씨나 그와 비슷한 다른 재능을 가졌다는 뜻에서 이성적이라는 뜻이고 혹은 단순히 많은 수의 노예를 소유하고 있다는 뜻으로 말한 이성이다. 그러나 합리적이고 보편적이며 사회적인 영혼을 중요시하는 인간은 다른 모든 것에 무관심하며 오로지 자신의 영혼의 기질과 그 활동을 합리적이고 사회적인 것으로 유지하는

것을 목표하며 이 목표를 위해 동료 인간들과 협동한다.

15 어떤 것은 서둘러서 존재하려 하고 어떤 것은 서둘러서 존재를 벗어나려 한다. 심지어 어느 사물은 막 존재를 향해 생성되는 과정에 있으면서 그것의 일부분은 이미 죽어간다. 시간의 흐름이 부단히 영원성의 면모를 새롭게 하는 것처럼 작용과 변화는 부단히 우주의 외면을 새롭게 한다. 아무 확고한 발판도 없는, 흐르는 강물 속에서, 모든 것이 줄달음쳐 지나가는 만상 속에서 인간이 무엇을 중요시해야 할 것인가? 그것은 삽시간에 시야에서 없어지고 마는 날쌘 참새를 사랑하는 것이나 마찬가지일 것이다. 인간의 일생이란 공기로부터 한 모금 빨아들인 호흡이며 피로부터 배출된 배설물이다. 따라서 우리가 순간마다 그렇게 하듯이 단지 다시 토해내기 위해서 1회의 호흡을 들이쉬는 것과 어제, 그러니까 네가 태어날 때 숨쉬는 능력을 얻었다가 언젠가 그것이 온 원천으로 환원시키는 것 사이에는 진정 아무 차이도 없는 것이다.

16 수분발산(水分發散)은 칭찬할 것이 못 된다. 왜냐하면 식물도 우리처럼 그것을 하기 때문이다. 호흡도 칭찬할 것이 못 된다. 왜냐하면 들이나 숲에 사는 동물들도 다 그것을 하기 때문이다. 감관을 통한 지각이나 충동의 움직임이나 군서 본능이나 섭취 과정 등은 역시 칭찬할 것이 못 된다. 즉 그것은 실로 배설보다 나을 것도 없기 때문이다. 그렇다면 우리가 중요시할

것은 무엇이란 말인가? 인간들의 갈채일까? 아니다. 인간들의 입에서 나오는 찬사도 아니다. 그런 것은 속인들의 칭찬에 불과하다. 명예라는 환상을 제거하고 나면 소중히 여길 무엇이 남겠는가? 나의 판단으로는 다음 것이다. 활동적이건 비활동적이건 간에 우리가 생성된 목적에 따라 행동하는 것이다. 결국 그것이 모든 훈련과 기술의 목표이다. 왜냐하면 모든 기술은 어떤 물건이 제작될 때 목표했던 목적에 그것을 적응시키는 것을 목표로 삼기 때문이다. 정원사는 포도넝쿨을 돌보며 마부는 말을 길들이며 개 조련사는 사냥개를 훈련하는데 이들 모두는 이러한 목표를 염두에 두는 것이다. 모든 가정교사나 스승의 노력도 이와 같은 목표에 경주되어야 한다. 그러므로 우리는 여기에서 가치를 찾아야 한다. 일단 이것을 당신의 목표로 삼은 이상 다른 목표는 당신을 유혹하지 않을 것이다. 당신이 품고 있는 다른 야망을 포기하라. 그렇지 않으면 당신은 자신의 주인도 될 수 없으며 남들로부터 자립할 수 없으며 격정을 벗어나지 못할 것이다. 따라서 당신에게서 이러한 것을 탈취하는 자들에 대하여 당신은 시기와 질투와 의심을 느낄 것이며, 당신이 부러워하는 재물을 우연히 소유하게 된 사람을 모함하게 될 것이다. 그러한 종류의 사물이 필요불가결하다는 신념은 분명히 마음속의 갈등을 초래하며 신에 대한 불평으로 이끌 것이다. 그와 반대로 당신 자신의 이해력을 존경하면 당신은 마음의 평화를 얻게 되고 인류와 하나가 되며 신과의 화해를 이룰 것이며 신들이 할당하고 규정하는 것에 순응할 수 있을 것이다.

17   제 나름의 궤도를 운행하는 원소들이 우리의 머리 위에, 우리의 아래와 둘레에서 회오리치고 있다. 그러나 미덕은 그러한 동요를 모른다. 미덕은 보다 신성한 것으로서 오성을 초월한 궤도를 따라 고요히 움직이고 있는 것이다.

18   인간의 습성이란 이상하기 그지없다. 인간들은 자신들과 현재 함께 살고 있는 같은 시대의 인간들에게는 찬사를 보내는 데 인색하면서, 보지도 못했고 영원히 보지도 못할 후손들의 칭찬이 자신들에 오기를 염원한다. 우리의 조상들이 칭찬하지 않는다고 불평하는 것이나 무엇이 다른가!

19   어떤 일이 당신에게 어렵다고 해서 그것은 인간의 능력으로는 불가능한 일이라고 생각해서는 안 된다. 반대로 어떤 일이 인간의 능력으로 가능하고 또 적절한 일이라면 당신의 능력으로도 그것을 할 수 있음에 틀림없다고 생각하라.

20   경기할 때 상대방이 손톱으로 우리를 할퀴거나 충돌하여 머리에 타박상을 입었을 때 우리는 항의하거나 분개하지 않으며 뒤에 가서도 그가 악의를 품었다고 생각하지 않는다. 그러나 우리는 경기할 때 경계의 눈으로 상대방을 살핀다. 적개심이나 의혹을 가지고서가 아니라 편안한 마음으로 적절한 거리를 유지한다. 생활의 다른 경우에서도 그것을 적용해야 한다. 이를테면 인생이란 도장에서 상대방이 가진 많은 일을 그냥 간과해

주자. 방금 말했듯이, 의심이나 악의를 품지 말고 그냥 피하는 길은 언제나 우리에게 열려져 있는 것이다.

21   어느 사람이 나의 생각과 행동은 그릇되다는 점을 시사하고 입증하면 나는 기꺼이 나의 생각과 행동을 바꾸겠다. 나는 진리를 탐구한다. 그것은 아무에게도 해를 끼치지 않을 것이기 때문이다. 해를 끼치는 것은 자신의 환상에 사로잡히고 무지한 상태를 고집하는 것이다.

22   나는 나의 의무에 속하는 일을 행한다. 다른 여하한 것도 나의 마음을 분산시키지는 못한다. 왜냐하면 다른 것이란 것은 생명이 없거나 비합리적인 사물이거나, 아니면 오도되고 사리를 모르는 어떤 인간일 것이기 때문이다.

23   이성이 없는 피조물이나 물질 전반에 대한 당신의 태도는 관대하고 도량이 있어야 한다. 왜냐하면 당신은 이성이 있는 반면 저들은 이성이란 것을 결여하고 있기 때문이다. 반면 인간은 이성이 있으므로 그들을 대할 때는 우애로써 대하라. 무엇보다도 신에게 도움을 청하라. 그렇다고 해서 당신의 기도에 걸리는 시간을 꼬치꼬치 따지지 말라. 세 시간의 기도면 충분할 것이니까.

24   죽음에 있어서는 마케도니아의 알렉산더나 그의 마부

나 다른 점이 없었다. 두 사람은 모두 우주의 창조적 원리 속으로 회수되었거나 확산되어 원자로 환원되었던 것이다.

25   우리 각자 속에서 동시에 일어나고 있는 육체적·정신적 사건의 수가 얼마나 많은가를 생각해보라. 그러면 더욱 많은 수의 사건들, 즉 우리가 우주라고 부르는 만유 속에서 생성되는 모든 것이 그 안에서 동시에 존재할 수 있음을 발견해도 놀라지 않을 것이다.

26   안토니누스라는 이름의 철자를 말해달라고 요청받으면 당신은 있는 목청을 다 동원하여 철자 하나하나를 고함치듯 말해주겠는가? 만일 상대방이 화를 내면 당신도 화를 내겠는가? 차라리 몇 개의 철자를 조용한 어조로 하나하나 열거해주지 않으려는가? 그렇다면 기억할 것은 인생에 있어서 모든 의무도 그와 같이 독립된 몇 개의 품목으로 구성되어 있다는 사실이다. 그러니까 소란을 부릴 것 없이, 또한 분노를 분노로 갚지 말고 각각의 의무에 세심한 주의를 기울일 것이며, 당신에게 정해진 일을 체계적으로 완수하도록 힘써라.

27   자신의 고유한 관심사며 이익이 되는 대상이라고 생각되는 것을 추구할 권리를 인간에게서 박탈하는 것은 얼마나 야만적인 처사인가? 그러나 사람들의 잘못을 보면 당신은 분개하는데, 그 분개한다는 당신의 행위는 어느 의미에서 위와 같은

야만적인 처사이다. 왜냐하면 그들은 따지고 보면 그들의 명확한 관심사와 이익을 추구하고 있을 뿐이다. 그들은 잘못을 저지르고 있다고 당신은 말하겠느냐? 그렇다면 그들에게 그렇게 말하라. 분개하지 말고 잘못임을 그들에게 설명해주어라.

28 죽음이라는 것. 감각적 인상, 욕망의 발동, 사유의 방황, 육체를 향한 봉사 등으로부터의 이탈이다.

29 영혼아! 육신도 아직 인생 행로에서 인내하고 있는데 네가 굴복하다니 창피를 알아라.

30 지나치게 군주인 체하지 말고 자포에 너무 물들지 않도록 주의하라. 그런 경우는 너무 자주 일어나는 일이다. 늘 소박하고 선량하며 순수하고 진지할 것이며 허식을 버리며 정의와 친절의 벗이 될 것이며 다정하고 자애로울 것이며 의무의 이행에는 단호하라. 또한 철학이 당신에게 되기를 바라는 그러한 인간이 되게끔 온 힘을 다하여 노력하라. 신을 경배하며 동료 인간들을 도우라. 인생은 짧은 것. 이 지상의 생활에서 거두어들일 열매라곤 한 가지밖에 없다. 내면적 신성과 외적인 자기희생이 곧 그것이다. 매사에 안토니누스의 제자가 되라. 이성을 가지고 행동을 통제할 것을 고집하던 그의 모습을 기억하라. 만사를 대하는 그의 침착성, 그의 성스러움, 평온한 표정, 우아한 예절, 속된 것에 대한 그의 멸시, 여러 사항에 통달하려는 열의를

기억하라. 또한 어떤 과제이든 철저히 검토하고 명확히 이해하지 않고는 그것에서 손을 떼지 않았던 점, 부당한 비난을 받고도 그것에 비난으로 맞서지 않고 참았던 점, 결코 서두르지 않았고 남을 모략하는 말에 귀를 기울이지 않았던 점을 기억하라. 인간들과 인간들의 태도를 판단하는 기민성, 그러면서도 절대로 비난하지 않았다는 점, 초조와 의혹과 소심을 초월한 점을 기억하라. 거처, 침대, 옷, 음식, 노예 같은 일에 있어서 그가 얼마나 소박하게 만족했던가를 기억하라. 얼마나 부지런했으며 인내심이 강했던가를, 그리고 간소한 식사의 덕택으로 아침부터 밤까지 정해진 시간이 아니면 화장실에도 가는 일이 없이 일할 수 있었던 것을, 우정에 있어 얼마나 확고하고 한결같았나를 기억하라. 자기 의견에 반대하는 의견을 기탄 없이 말하도록 허용했던 점, 개선할 점을 제시하면 환영하던 점, 미신의 흔적은 추호도 없이 신들을 공경했던 점을 기억하라. 당신의 임종이 닥쳐올 때 당신의 양심이 그의 양심처럼 깨끗하기 위해서는 위에 열거한 모든 것을 상기하라.

31   당신의 맑은 정신으로 돌아가서 진정한 당신 자신을 찾아라. 잠에서 깨어라. 그리고는 당신을 괴롭히던 것은 꿈에 불과했었다는 것을 깨달아라. 이제까지 꿈을 보았으니 이제 잠이 깬 당신의 눈에 마주치는 현상이나 직시하라.

32   나는 육체와 영혼으로 구성되어 있다. 만물은 육체에

대해 무관심하다. 왜냐하면 육체는 사물을 식별하지 못하기 때문이다. 마음에 대하여 무관심하지 않은 것은 그것 자체의 활동인데, 그것을 마음은 통제할 수 있다. 게다가 그들의 경우에도 마음의 유일한 관심은 현재의 사항뿐이다. 그것이 일단 과거지사가 되든가 미래에 올 사항이라면 즉시 무관심한 것으로 환원된다.

33 손과 발이 그 나름의 일을 할 때, 고통이 따른다 해서 이상할 것 없다. 마찬가지로 인간이 자신의 일을 하는 한 고통이 따른다 해서 인간으로서의 본성에 위배되는 것이 아니다. 따라서 그것이 본성에 일치하는 것이라면 고통은 해악일 수 없다.

34 강도와 성도착자와 어버이 살해자와 폭군들은 얼마나 변태적인 쾌락을 누렸던가!

35 평범한 기술자들이 기술이 없는 고용인의 소망을 어느 정도까지 만족시키면서도 자기 직업의 법칙을 철저히 지키며 그 법칙에서 벗어나기를 거부하는 것을 보아라. 목수나 의사가 인간과 신에게 공통된 법규보다 자기 자신들의 기술상의 법규를 더 존중한다면 통탄할 일이 아닌가?

36 우주 속에서 아시아와 유럽은 두 개의 작은 모퉁이에 불과하며 육대양은 하나의 물방울이며 아토스 산은 작은 흙덩

어리이며 거대한 시간은 영원 속에 찍힌 미세한 송곳의 끝이다. 만물은 미소하고 가변적이며 소멸한다. 만물은 하나의 원천으로부터 나오는 것이며 우주적 이성으로부터 직접 나오거나 변형되어 나오는 것이다. 심지어 벌린 사자의 아가리와 치명적인 독이나, 이를테면 가시 돋친 관목과 헤어날 길 없는 수렁에 이르기까지 모든 해로운 것들도 어떤 고상하고 아름다운 것의 부산물이다. 그러므로 당신이 경배하는 절대적인 것과 그것들이 이질적인 것이라고 생각하지 말 것이며 모든 것에 공통되는 하나의 원천을 기억하라.

37 이 순간 속에 존재하는 사물을 본다는 것은 현재의 모든 것과 태곳적부터 존재해왔던 모든 것과 세상의 끝날까지 지상에 올 모든 것을 보는 것과 같다. 왜냐하면 모든 것은 종류가 같으며 형태가 같은 것이기 때문이다.

38 우주의 삼라만상을 결합시키는 유대와 만상이 서로에게 얼마나 의존하고 있는가를 수시로 생각하라. 이를테면 만상은 씨줄과 날줄처럼 얽혀 있는 것이며 결과적으로 상호애호 속에서 깊은 유대를 맺고 있는 것이다. 왜냐하면 만물의 질서 있는 연계관계는 장력(張力)의 흐름이 작용하여 발생하는 것이며 모든 물체의 통일도 마찬가지로 발생한다.

39 당신이 운명이 처해 있는 환경에 적응하라. 또한 운명

적으로 당신의 주위에 있어 당신을 둘러싼 동료인간들에게 참된 사랑을 보여라.

40 연장이나 도구나 용기는 그것이 만들어진 목적에 이바지할 때 그 창조자가 없어도 무방하다. 그러나 자연이 생성한 사물의 경우, 그것들을 만든 힘은 그대로 그 사물 속에 내재된 채 사라지지 않는다. 그렇기 때문에 당신은 이 힘을 더 존중해야 하며, 이 힘의 의지에 따라 살고 행동하면 모든 것은 당신의 마음에 들게 된다는 것을 확신하라. 우주 역시 만물을 좋아하는 소이(所以)가 바로 그런 점에 있다.

41 당신의 능력으로 어찌 할 수 없는 것 중에서 당신에게 이롭거나 해가 되는 경우를 가상하자. 이로운 것을 상실하고 해로운 것에 닥치면 당신은 분명 신을 원망하고, 당신의 실패나 불운의 원인이 되었거나 그 원인이라고 상상되는 사람을 증오하게 될 것이다. 사실상 우리는 이런 종류의 일을 중요시함으로써 많은 부정을 자행하는 것이다. 그러나 우리가 선악의 개념을 엄격히 우리가 처리할 수 있는 일에만 국한시킨다면 신을 탓하거나 인간들에게 적대적인 태도를 취할 이유가 없으리라.

42 우리 모두는 같은 목적을 달성하기 위해 협동하고 있다. 어떤 인간은 이 목적을 인식하여 목적의식을 가지고 협력하는가 하면 어떤 인간은 아무 의식도 없이 협력한다. 헤라클레스

는 말하기를 잠자는 인간도 우주의 현상의 진행에 참여자이며 우리는 잠자는 가운데서도 이에 기여하고 있다고 했다. 그러나 인간들은 각기 다른 방식으로 협력한다. 우주의 순환을 방해하고 그르치기 위해 온갖 힘을 쏟는 악의에 찬 자들조차도 적지 않은 몫을 하고 있는 법이다. 우주는 이러한 인간들도 협력자로서 요구하고 있기 때문이다. 따라서 당신은 어떤 부류의 협력자에 속하는가를 생각해야 한다. 여하튼 만상(萬象)을 다스리는 자는 당신에게서도 어떤 쓸모를 발견할 것이며 협력자로서 또한 공헌자로서의 자리를 당신에게 줄 것이기 때문이다. 그러나 크리시포스의 표현을 빌자면, 무대 위의 광대가 실연한 야비한 역할은 삼가도록 조심하라.

43 태양이 비의 역할을 하겠다는 생각을 할까? 또는 아스클레피우스가 데메테르(대지)의 역할을 생각할까? 별들의 경우는 어떨까? 그들은 각기 다르면서도 하나의 목적에 맞춰 다 같이 활동하고 있지 않는가.

44 신들이 나에 대해 협의를 하고 나에게 일어날 일에 대해 협의를 끝냈다면 그 협의는 선의의 것이다. 선견지명이 없는 신은 상상도 할 수 없기 때문이다. 신들이 무엇 때문에 나를 해칠 이유를 마련하겠는가? 나에게 화를 입힌다고 해서 신들이나 신들이 관할하는 우주에게 무슨 이익이 생기겠는가? 신들이 나에 대하여 각별한 고려를 하지 않았다 하더라도 그들은 적어도

우주에 대해서는 고려했을 것이다. 따라서 그 결과로 발생하는 모든 것을 나는 환영해야 하고 친절한 호감을 가져야 할 것이다. 이건 불경스러운 믿음이긴 하지만, 신들이 어떤 것에 대해 아무런 생각도 아예 하지 않았다면, 까짓것 제물을 바치는 일, 기도하고 맹세하는 일 따위 그만두기로 하자. 또한 우리들 한가운데에 살아 계신 신의 존재를 인정하는 모든 다른 행위를 중지하기로 하자. 그러나 설사 그것이 사실이어서 신들이 인간들에 대해 눈곱만치의 배려도 하지 않은 것이 사실이라고 하더라도, 나는 아직 내 자신을 돌볼 수 있으며 나 자신의 이익을 돌볼 수 있다. 그런데 모든 피조물의 이익은 자체의 본성과 본질에 따르는 데 있는 법이다. 내 자신의 본성은 합리적이고 사회적인 본성이다. 나에게는 도시가 있다. 나에게는 나라가 있다. 마르쿠스로서의 나에게는 로마가 있다. 또한 인간으로서의 나에겐 우주가 있다. 따라서 이러한 공동사회에 유익한 것이 곧 나의 유일한 이익이리라.

45 개인에게 일어나는 모든 것은 전체를 위한 것이다. 그것 자체가 우리에겐 충분한 보증이다. 그러나 더 자세히 관찰하면 한 개인에게 유익한 것은 동료인간들에게도 유익하다는 것을 알게 될 것이다(유익이라고 말했는데, 그것은 도덕과는 무관한 것들도 포함하는 보다 넓은 의미로 사용되었음을 명심하라).

46 원형극장이나 다른 오락장소에서 거행되는 구경거리는

같은 모양을 되풀이함으로써 사람을 지루하게 하고 그 경기의 단조로움은 구경거리 자체를 맥없는 것으로 만드는데, 인생이란 경험 전체도 마찬가지이다. 승진을 향한 도정이든 몰락의 도정을 걷든 모든 것은 언제나 동일하다는 것이 판명된다. 다만 그것이 얼마나 오래 지속될 것인가?

47 모든 직업, 모든 민족, 예컨대 필리스티온, 포어부스, 오리가니온 족에 이르는 모든 민족에 속하는 사람들까지도 포함해서 태어났다가 죽은 무수한 인간들을 자주 생각하라. 이 최근의 인물들로부터 다른 부류에 속하는 무리들로 당신의 생각을 돌려보아라. 그리고 그 많은 옛날의 연설가들이 지금 어디 갔는지 생각해보아라. 헤라클레이토스, 피타고라스, 소크라테스 같은 존경받던 현자들과 옛날의 영웅들이나 그 후에 이어왔던 왕들, 그들과 동시에 에우도쿠스, 히파쿠스, 아르키메데스, 그 밖의 많은 인간들이 지금 어디로 갔는지 생각해보아라. 그 밖에 날카로운 기지와 숭고한 정신과 지칠 줄 모르는 인간들, 재능 있고 결단력 있는 인간들은? 또한 이 죽어야 될 인생의 덧없음과 짧은 찰나를 메니푸스와 그의 학파들이 하던 식으로 코웃음쳐버리던 인간들도 지금 어디 갔는가 생각해보아라. 오래 전에 죽어서 땅에 묻힌 이들을 자주 생각해보아라. 그들이 현재 죽었다고 해서 그들은 불행하다고 어떻게 말할 것인가? 특히 이름이 망각되었다고 해서 불행하단 말인가? 이 생애에서 가치 있는 것이 오직 한 가지 있는데, 우리의 나날을 진실과 공정 속

에서 또한 그릇되고 정당치 못한 인간들에게도 자비를 베풀며 사는 것이다.

48 정신적인 강장제를 원하거든 당신 친구들의 장점을 생각하라. 이 친구는 능력이 있고 저 친구는 자기희생이 있고 그 친구는 관대하고…… 하는 식으로 생각하라. 우리 주위의 인간들의 인격에서 나타나는 각기 다른 미덕의 표본을 보는 것, 그 미덕이 유감 없이 발휘되는 것을 보는 것보다 마음의 침울을 치료하는 데 더 좋은 처방은 없다.

49 당신의 몸무게가 3백 파운드가 아니라 겨우 얼마밖에 안 나간다고 해서 불평하지는 않을 것이다. 그렇다면 주어진 수명보다 더 오래 살지 못한다고 해서 불평하는 이유는 무엇인가? 당신에게 허용된 정도의 육체에 만족한다면 또한 수명의 길이에 대해서도 만족해야 한다.

50 설득을 통하여 남들을 감동시키려고 노력하라. 그러나 정의의 원칙이 명령하면 상대방의 의사에 반하는 행위라도 감행하라. 그러나 어떤 사람이 당신을 방해하기 위해 완력을 쓴다면 다른 방법을 택하라. 즉 원한을 품지 말고 뒤로 물러서서, 그 장애물로 하여금 다른 미덕을 발휘할 기회로 전환시켜라. 당신의 시도를 늘 유보할 수 있는 것으로 해야 한다는 것을 명심하라. 왜냐하면 당신은 불가능한 것을 목표하는 것이 아니기 때문

이다. 그렇다면 무엇을 목표할 것인가? 다만 시도 자체는 포기하지 말 일이다. 이 점에서 당신은 성공한 것이며 그와 동시에 당신의 인생의 목적도 달성된 것이다.

51 야망이 있는 사람은 자신의 미덕을 타인의 활동에서 찾으려 하고 쾌락을 추구하는 사람은 자신의 감각 속에서 그것을 찾으려 하고 이해 깊은 사람은 그것을 자신의 행동 속에서 찾으려 하는 법이다.

52 당신은 지금 당신 앞에 있는 사물에 대해서 어떤 의견을 가질 필요는 없다. 또한 당신의 마음의 평화를 교란시킬 필요는 없다. 사물 자체도 당신의 판단을 강요할 힘이 없는 것이다.

53 다른 사람들의 말을 주의 깊게 경청하는 습관을 길러라. 또한 말하는 사람의 마음을 이해하도록 최선을 다하라.

54 벌집 전체에게 유익하지 못한 것은 한 마리의 꿀벌에게도 유익하지 못하다.

55 선원들이 조타수를 험담하거나 환자가 의사를 험담하는 습성이 생긴다면, 그들에게 귀를 기울일 사람이 있겠는가? 설사 다른 사람이 있다 해도 그자가 어떻게 선원의 안전과 환자의 건강을 보장할 수 있단 말인가?

56   나와 함께 이 세상에 태어난 사람들 중에서 이미 세상을 떠난 사람이 얼마나 많은가!

57   황달에 걸린 환자에게는 꿀이 쓴 음식으로 보이고 미친 개에 물린 사람에게는 물이 공포의 대상이다. 어린이들에게는 공이 값진 보물이다. 그런데 나는 왜 분개하는 것일까? 그릇된 생각이 인간에게 미치는 악영향이, 황달에 끼치는 담즙의 영향이나 광견병에 끼치는 독보다 약하다고 생각하기 때문에 울화가 치미는 것이다.

58   당신이 당신 자신의 본성의 이법에 따라 살아가는 것을 방해할 사람은 아무도 없다. 우주적 자연의 이법에 어긋나는 일은 결코 당신에게 일어나지 않는다.

59   남에게 아첨하려 하다니 인간이란 얼마나 불쌍한 피조물인가! 그들이 추구하는 것은 얼마나 한심한 목적인가! 또한 그들이 채택하는 수단 또한 얼마나 서글픈가! 허나 시간이 이 모든 것을 얼마나 빨리 탈취하는 것인가! 또한 시간은 이미 얼마나 많은 것을 빼앗아갔는가!

7

1   악이란 무엇인가? 당신이 수없이 보아온 것이다. 마찬가지로 모든 다른 종류의 일에 있어서도 이것 역시 전에 여러 번 목격한 것이라는 사실을 상기한다. 왜냐하면 천상천하 어느 곳을 가도 당신은 꼭 같은 일만을 발견할 것이기 때문이다. 고대사나 근세사나 현대사를 채우고 있는 것도 다 유사한 것들이며 우리의 도시나 가정을 채우고 있는 것도 다 같은 것이다. 새로운 것이란 없다. 모든 것은 덧없고 진부할 따름이다.

2   원리의 시원인 첫인상이 소멸할 때 비로소 원리는 그 생명감을 상실한다. 따라서 이 첫인상의 불길을 끊임없이 타오르도록 부채질해야 할 사람은 바로 당신이다. 나는 사물에 대한 올바른 인상을 형성할 능력이 충분히 있다. 이러한 능력이 부여되었기 때문에 나는 조바심할 필요가 없다(나의 오성이 미치지 못하는 일의 경우로 말하자면, 그런 것들은 나의 오성이 관여할 일이 아니라고 생각한다). 일단 이 사실을 깨달으면 당신은 의연할 수 있는 것이다. 사물을 보되 당신의 첫인상과 어린 시절

의 인상이란 관점에서 다시 한번 보아라. 그러면 새로운 삶이 움트게 된다.

3   공허한 과시, 연극, 양의 무리, 소의 무리, 투창, 들개의 무리에게 던져준 뼈다귀, 연못의 물고기에게 던져준 음식 부스러기, 짐을 지고 땀 흘려 일하는 개미, 겁먹고 우왕좌왕하는 생쥐, 끈으로 조종되는 인형 — 이런 것이 인생이다. 이러한 것들의 와중에 있되 도량 있는 자세로 멸시감을 버려야 한다. 그러나 인간의 가치는 자신의 야망의 정도를 넘지 못한다는 것을 항상 인식해야 한다.

4   이야기할 때는 말해지는 내용에 각별히 주의를 쏟아라. 행동이 진행될 때에는 행해지는 것에 주의를 기울여라. 특히 후자의 경우에는 행동의 목적이 무엇인가를 즉시 알아야 하고 전자의 경우에는 진의가 무엇인지를 알아야 한다.

5   나의 이해력이 이 일을 감당할 수 있을까? 감당할 수 있다면 그것을 자연이 준 연장으로써 일에 적용하겠다. 만일 그것이 일을 감당하지 못하면 나는 그 일을 해낼 수 있는 어떤 사람에게 양보하겠다. 그것이 의무인 경우에는 그렇다는 말이다. 아니면 사회에 적합하고 유익한 것을 달성하려는 나의 의도를 실용화시킬 어떤 조수의 도움을 받아서라도 나의 최선을 다하겠다. 왜냐하면 나의 힘으로 하든 다른 사람과 함께 하든 내가

하는 모든 일은 모든 사람에게 도움이 되고 모든 사람과의 조화를 이루는 것을 유일한 목표로 삼아야 하기 때문이다.

6 한때 드높은 찬양을 받던 얼마나 많은 인간들이 이제 망각으로 소멸되었는가! 찬양하던 그 많은 인간들도 우리의 시야로부터 사라진 지 오래되지 않았는가!

7 남의 도움을 받는 일을 부끄럽게 생각하지 말라. 당신이 할 일이란 전쟁에서의 군인처럼 정해진 의무를 다하는 것이다. 당신이 불구자여서 성벽을 기어오를 수 없을 처지지만 동료의 도움을 받으면 올라갈 수 있다고 하면 당신은 어찌 하겠는가?

8 미래의 일로 고민하지 말라. 막상 닥친다면 오늘 당신 눈앞에 닥친 일을 처리하도록 무장된 이성이라는 무기를 가지고 미래를 맞이하면 되는 것이다.

9 만물은 서로 엉켜 있다. 하나의 신성한 유대가 그들을 결속시키고 있다. 다른 사물로부터 고립된 것이라고는 하나도 없는 법이다. 모든 것은 상호협조관계에 있고 하나의 우주를 형성하는 작업을 함께 수행한다. 세계의 질서는 다양성으로 구성된 하나의 단일체이다. 신은 만물을 지배하는 유일한 존재이고 만상은 하나이며, 이법도 하나이다(다시 말해서 사유하는 모든

피조물이 소유한 보편적 이성도 하나이다). 모든 진리는 하나이다. 생각건대 종류도 같고 이성도 동일한 존재를 위해 완전에 도달하는 길이 한 가지뿐이라면 얼마나 좋을까.

10   사물을 이루는 분자는 순식간에 사라져 우주의 본질 속으로 흡수된다. 인과관계는 모두 순식간에 우주적 이성으로 환원된다. 모든 것에 대한 기억도 순식간에 영원이라는 시간의 여울 속으로 매몰된다.

11   이성적 존재에게 있어서 자연에 따르는 행위는 곧 이성에 따르는 행위이다.

12   스스로 일어설 것인가, 아니면 남의 도움으로 일어설 것인가?

13   다양한 원소로 구성된 체계 속에서 이성을 가진 존재들은 하나의 역할을 감당하는데, 그것은 마치 하나의 통일체인 유기체 속에서 사지가 담당하는 역할과 같다. 왜냐하면 그것은 상호협조를 하도록 유사하게 구성되었기 때문이다. "나는 이성적 요소로 구성된 복잡한 유기체 속에서 하나의 '다리'이다" 하고 당신이 끊임없이 자신에게 다짐하면 이러한 사고방식은 당신의 뇌리에 더 깊숙이 박힐 것이다. 다만 부분에 불과하다고 생각하면 인간을 진심으로 사랑할 수 없고 인간들을 위해 친절한 행위

를 베푸는 과정에서도 아무 기쁨을 맛보지 못할 것이다. 친절한 선행을 베풀면서도 단순한 의무를 할 뿐, 아직 당신 자신에게 유익한 임무는 하지 못하는 것이다.

14 어떤 외부적인 계기에 의해 영향을 받을 수 있는 나의 부분에 무슨 일이 일어나더라도, 그 부분의 소원이 불평이라면 불평해도 좋은 것이다. 나는 어떤가 하면 사물을 악이라고 보지 않는 한 나는 해를 입지 않는 사람이다. 또한 나더러 그것을 해로 간주하라고 강요할 수 있는 것은 아무것도 없다.

15 세상 사람들이 무슨 말을 하고 무슨 행동을 하든 나의 역할은 착한 일을 계속하는 것이다. 마치 그것은 금덩어리나 에머럴드나 자포가 "세상 사람들이 무슨 말을 하고 무슨 행동을 하더라도 나의 소임은 에머럴드로 있으면서 그 원래의 색채를 유지하는 것이다" 하고 고집하는 경우와 같다.

16 우리를 지배하는 이성은 나약하게 흔들리는 것이 아니다. 예컨대 그것은 자체 내에서 격정을 발동시키지 않는다. 혹자가 그것에게 공포와 고통을 안겨줄 수 있다 하더라도 그냥 그렇게 해보라고 하라. 그러나 이성 자체는 그러한 감정으로 자신을 오도하는 어떤 감정도 용납하지 않는다. 육체로 하여금 될 수 있는 한 무슨 수를 써서라도 피하도록 조심시켜라. 그런데 육체가 상해를 입는다면 상해를 입었다고 발언하도록 하라. 그

러나 공포와 고통을 알고 공포와 고통이 그것의 판단에 따라 존재하게 되는 영혼은 아무 해를 입지 않는다. 따라서 당신은 영혼에게 잘못된 판단을 내리도록 강요할 수 없다. 우리를 지배하는 이성은 자체가 창조하는 필요성 이외에는 아무 필요를 느끼지 않는 실체이기 때문에 자족하는 실체이다. 또한 그런 이유로 해서 자체가 생성하는 것이 아니면 여하한 교란이나 방해를 체험하지 않는다.

17 행복이란 어원을 따지자면 '내면에 있는 선한 신'이라는 뜻이다. 즉 선한 지배적 이성이란 뜻이다. 그런데, 너 공허한 상상력아, 너는 이곳에서 무엇을 하고 있는가? 제발 네가 온 길을 그대로 돌아가라. 나는 너 같은 것은 원하지 않는다. 네가 이곳에 온 것은 모두 낡은 습성의 소행이다. 나는 너에게 악의는 없다. 그러나 떠나다오.

18 우리는 변화를 두려워한다. 하지만 변화 없이 생성될 수 있는 것이 있단 말인가? 자연이 변화보다 더 소중히 여기는 것이 있을까? 변화보다 자연의 고유한 특질이 될 수 있는 것이 무엇인가? 장작에 어떤 변화가 일어나지 않게 한 채 온수 목욕을 할 수 있을까? 식량에 아무 변화가 없는 상태로 영양을 섭취할 수 있는가? 변화 없이 어떤 유용한 일이 달성된다는 것이 가능할까? 당신 자신의 변화 역시 같은 질서에 속하는 것이며 자연에 필요한 것이라는 사실을 이제 알겠느냐?

19   모든 물체는 급류에 파묻혔다가 다시 그 표면으로 모습을 드러내며 흘러가듯 우주의 실체에 실려간다. 마치 신체의 각 부분이 서로서로 협력하듯, 전체에 순응하기도 하고 협력하기도 하면서 흘러간다. 얼마나 많은 크리시푸스와 소크라테스와 에픽테투스와 같은 인물들이 시간 속에 삼켜지고 말았는가! 당신이 어떤 인간, 어떤 일을 다루더라도 이 사실을 명심하라.

20   나를 괴롭히는 것으로는 오직 한 가지가 있다. 인간의 본성으로서는 도저히 해낼 수 없는 일을 하고 있거나, 아니면 어떤 다른 방법으로 그것이 행해지기를 원하거나 인간의 본성으로는 장차 어느 날이 오기까지 기다리도록 금지하는 일을 하려고 하지나 않나 하는 걱정이다.

21   당신은 곧 세상을 망각할 것이며 세상도 곧 당신을 망각할 것이다.

22   실수를 저지르고 정도에서 벗어난 인간들까지도 사랑하는 행위는 인간만이 할 수 있는 특권이다. 그들도 같은 형제며 무지 속에서 방황할 뿐 악의는 없다는 사실을 깨닫자마자 그러한 사랑이 움트는 것이다. 또한 얼마 안 있어 우리 모두 지상으로부터 사라진다는 것, 또한 무엇보다도 그들의 실수로 당신의 이성이 조금도 해를 입지 않는다는 것을 깨닫자마자 그러한 사랑은 움터온다.

23　밀초를 다루듯 자연은 우주의 실체를 원료 삼아 망아지를 만들었다가 다음 순간 다시 부숴서 그 재료로 나무를 만들고 그러고 나서 다시 인간을 만들고 다시 다른 것들도 만든다. 이 만들어진 물건치고 잠시 견딜 뿐 오래 견디는 것은 하나도 없다. 그릇이란 것도 재료를 모아 만드는 일보다는 부숴버리는 일이 더 어렵지 않은 것이다.

24　얼굴에 분노한 표정을 짓는 것은 자연에 위배된다. 그런 표정을 자주 지으면 아름다움은 소멸하기 시작하고 결국에 가서는 다시 회복할 수 없을 정도로 완전히 메말라버린다. 이런 사실은 분노의 부당성을 지적한다는 것을 깨닫도록 노력하라. 왜냐하면 우리의 잘못을 깨닫는 능력을 상실하면 살아가는 보람이 무엇이겠는가?

25　얼마 안 있어 자연, 다시 말해서 우주의 지배자는 당신이 보고 있는 모든 것을 변화시키고 그것을 재료 삼아 새로운 것들을 만들어낼 것이며 다시 그것을 재료로 하여 더 새로운 것을 만들어 세상의 젊음을 영원토록 새롭게 할 것이다.

26　어떤 사람이 당신의 비위를 거스리거든 우선 어떠한 선악관을 토대로 이런 일이 저질러졌는가를 생각하라. 그것을 일단 깨달으면 경악과 분노는 동정으로 바뀔 것이다. 왜냐하면 선에 대한 당신의 관념도 그의 것보다 앞선 것이 아닐 것이며 적

어도 유사한 것이기 때문이다. 그럴 경우 그를 용서하는 것이 당신의 분명한 의무일 것이다. 그와 반대로 그러한 행동이 선이다 악이다를 따지지 않을 정도로 초연하면 다른 사람의 맹목성을 용서하기가 훨씬 수월할 것이다.

27   당신이 소유하지 않은 것을 갖겠다는 꿈에 몰두하지 말고 당신이 소유한 것 중에서 가장 으뜸되는 축복이 무엇인가를 가려내어, 그것들마저 당신의 것이 아니라면 그것들이 얼마나 갖고 싶은 대상일까를 상기하고 감사히 여겨라. 그러나 그 소유한 물건들에 대한 기쁨으로 인해 그것들을 너무나 소중히 여기는 나머지, 그것의 상실이 올 경우 마음의 평정을 잃지 않도록 각별히 조심하라.

28   당신 자신 속에서 안식처를 찾아라. 우리를 지배하는 이성은 정당한 행위를 하여 마음의 평화를 얻는 것 이외에 다른 것은 바라지 않는다.

29   모든 환상을 버려라. 정열의 꼭두각시 역을 사퇴하라. 시간을 현재에 국한시켜라. 당신의 경험이든 타인의 경험이든 모든 경험의 진가를 인식하도록 하라. 모든 감각적 대상을 원인과 결과적 산물로 나누고 분류하라. 당신의 임종의 순간에 대해 깊이 명상하라. 당신의 이웃의 과오는 그가 시발시킨 과오이므로 그에게 머물러 있게 하라.

30 진행되는 이야기에 정신을 집중하라. 또한 진행되고 있는 것과 그것의 행위자를 충분히 관찰하도록 머리를 활용하라.

31 소박하면서 자존심 있는 밝은 표정과 미덕과 악덕의 영역 밖에 있는 모든 것에 무관심한 표정을 지어라. 인류를 사랑하라. 신이 정해준 길을 걸어라. "법칙이 만물을 지배한다"고 한 현자는 말했다. 그러나 그의 말이 원자에게만 적용된들 무슨 상관 있느냐? 모든 것이 실로 법칙의 지배를 받는다는 것을 기억하는 것만으로도 우리에게는 충분하다. 세 단어면 충분하다.

32 죽음이란 것. 이 세상이 원자의 집합체라면 분해이다. 세상이 유기체라면 소멸이며 변전(變轉)이다.

33 고통이란 것. 이것이 참을 수 없는 것이면 고통은 우리의 생명에 종말을 가져올 것이다. 그냥 지속되는 고통이라면 참을 수 있는 것이다. 육체로부터 초연한 정신은 침잠을 유지할 것이며 지배적인 이성은 아무 영향을 받지 않을 것이다. 고통으로 해를 입는 부분으로 말하자면, 가능하면 그 부분으로서의 비애를 표명하도록 하라.

34 명성이란 것. 이것을 추구하는 사람들의 마음의 상태와 야망과 증오의 대상을 관찰하라. 인생에서는 오늘의 일이 내일의 일로 인해 얼마나 빨리 매몰되는가를 생각해보아라. 그것은

마치 유사층(流砂層)이 순식간에 다른 유사층으로 덮여지는 것과 같다.

35 "사람이 모든 시대와 모든 현실을 깊이 숙고할 수 있는 위대한 정신과 폭넓은 식견을 가졌다면, 인간의 생명을 중요한 것으로 간주할까?" "아니, 그렇지 않을 것이다." "그러면 그는 죽음을 두려워하지 않는단 말인가?" "암, 두려워하지 않을 것이다." (플라톤의《대화》편에서)

36 "일을 잘 처리해도 험담을 듣는 것이 군주의 운명이다." (안티스테네스로부터)

37 외면은 정신이 명령을 고분고분 받아들여 정연하고 침착함을 나타내는 반면 그 정신 자체는 정연하지도 침착하지도 않은 것은 수치스러운 일이다.

38 "사물의 성향에 대하여 화를 내지 말라. 사물은 당신의 분노에 아랑곳하지 않는다."

39 "영생하는 신들과 우리들에게 다 같은 기쁨을 다오."

40 "곡식의 이삭처럼 인간의 수명도 거둬지는 대상이다. 후자는 서 있는 채로 거둬지고 전자는 베어져 넘어진다."

41   "만일 하늘이 나와 두 자식들을 돌보지 않는다면 거기에는 반드시 무슨 이유가 있을 것이다."

42   "정의와 선은 둘 다 나의 편이다."

43   "비탄하는 사람들과 더불어 눈물을 흘리지 말며 격정을 표시하지 말라."

44   "나는 그에게 공정하게 대답하겠노라. 즉 나의 친구여, 가치 있는 인간이란 삶과 죽음의 전망을 저울질하는 데 시간을 소모해야 한다고 그대가 생각하면 그것은 잘못이다. 그런 사람은 어떤 행위를 수행함에 있어 고려해야 할 한 가지 일이 있는데 그것은 선한 인간처럼, 아니면 악한 인간처럼 옳게 행동하고 있느냐 그릇되게 행동하고 있느냐 하는 점이다."(플라톤의 《대화》편에서)

45   "여러분, 진실은 다음과 같습니다. 사람이 자기 생각으로 그 자리가 가장 적합해서이건 명령에 따라서이건 일단 어떤 부서를 맡게 되면 그곳에 남아 위험을 무릅써야 하며 죽음이나 그 밖에 불명예스러운 것은 고려해선 안 됩니다."(플라톤의 《대화》편에서)

46   "하지만 들어보게. 고매함과 선은 자신과 친구를 위험

으로부터 보호하는 일 같은 것과는 다른 무엇이라고 생각하기 바라네. 진정한 남자는 기를 쓰고 생명에 집착하지 않고 자신이 얼마나 더 살 수 있을까 하는 의문 따위는 머리에서 추방해야 되지 않을까를 생각하네. 아무도 자기의 운명은 피할 수 없다고 말하는 여성들의 말이 옳다고 믿으면서 그런 숙명의 문제는 신에게 일임하고, 자신에게 할당된 삶을 어떻게 하면 가장 잘 영위할 수 있느냐 하는 다음 문제에 전념하기 바라네."(플라톤의 《대화》편에서)

47 당신도 별과 더불어 운행하고 있는 것처럼 별들의 운행을 살펴보아라. 변화하며 재변화하는 원소들의 율동을 상상하라. 이러한 사색은 지상의 생활의 찌꺼기를 정화시켜줄 것이다.

48 인간을 논하는 자는 어떤 높은 관제탑에서 굽어보듯이 지상의 사물을 관찰해야 한다는 플라톤의 말은 명언이다. 평화나 전쟁을 위한 모임, 농경, 결혼, 이별, 출산, 죽음, 요란한 법정, 쓸쓸한 황무지, 온갖 종류의 이국인들, 축제, 통곡, 흥정 등 잡다한 혼합과 그 상반성으로부터 나오는 조화적인 질서를 관찰하라.

49 흥했다가는 멸망한 여러 제국의 무상함이 점철된 과거를 돌이켜보아라. 그러면 미래도 보일 것이다. 미래의 유형도 하나에서 끝까지 과거와 같을 것이다. 왜냐하면 그것은 창조의

한결같은 행군과의 보조를 어길 수 없기 때문이다. 40년간 인간의 생활을 관조하는 것과 4만 년간 관조하는 것이나 마찬가지이다. 그것도 그럴 것이 당신이 관찰할 것이 더 이상 무엇이 있겠는가?

50　"흙에서 나온 것은 흙으로, 하늘에서 나온 것은 하늘로 돌아간다." ─ 이것은 분해에 의한 현상이다. 즉 원자구조의 분해와 무심한 원소의 소산(消散)에 기인한 것이다.

51　"고기와 술과 주문을 바쳐서 운명의
　　조류를 외면하고
　　죽음을 회피하려고? 천만에!"
　　"신으로부터 불어오는 강풍은
　　고된 노를 저으며 불평 없는 마음가짐으로
　　어차피 맞이해야 하는 것."

52　'원형 투기장에서 월등한 재능을 가진 것은' 의심할 바 없구나. 그러나 공공정신, 극기, 온갖 상황에 대처하는 훈련에 있어 뒤떨어진 사람이며 이웃의 결점에 대해서 관대하지 못하구나.

53　인간이 신들과 공유하는 이성에 따라 행동할 수 있다면 두려워할 것이 없다. 우리의 본질과 일치하는 활동을 성공적으

로 수행할 기회가 포착되면 해를 입을 염려는 필요 없으리라.

54 하루에 일어나는 일을 경건히 받아들이고 그날그날 만나는 친지들을 공정하게 다루고, 그날그날 받는 인상으로 하여금 엄밀한 검토 없이는 마음속에 들어오지 않도록 세심한 주의를 기울이는 행위 — 이런 것은 항시 어디서나 당신도 이행할 수 있는 것이다.

55 다른 사람들의 지배적 본능을 살피느라 곁눈질하지 말고 어떤 본성이 당신을 지배하는가에 시선의 초점을 두어라. 환경에 편재된 우주의 섭리와 당신의 의무의 명령에 일관되는 당신의 본질을 직시하라. 인간의 행동은 천성적인 본질과 일치해야 한다. 인간 이외의 모든 피조물들은 인간이라는 이성적인 존재를 위해 만들어진 것, 다시 말해서 하등한 것은 고등한 것을 위해 존재한다는 일반 원리에 따라 만들어진 반면, 고등한 것들은 서로서로 봉사하기 위해 만들어진 것이다. 그렇기 때문에 인간의 본질 중에서 으뜸되는 특질은 자신과 같은 종류에 대한 의무이다. 둘째 의무는 육체의 속삭임을 물리치는 의무이다. 자체의 한계를 분명히 밝히고 욕망이나 감각의 작용에 압도되지 않는 것은 이성과 지성의 특별한 기능이다. 감각과 욕망은 질에 있어 동물적인 것이기 때문이다. 그러나 지성적인 작용은 우월성을 요구하고 다른 작용에 압도되지 않는다. 또한 당연한 일로서 지성적인 작용은 본질적으로 다른 모든 작용을 이용하도록

형성되어 있다. 셋째로 이성이 있는 인간의 본질은 무분별을 저지를 수 없으며 기만적인 행위를 할 수 없다는 것이다. 이 세 가지 원리를 지키며 이성을 키잡이로 삼아 곧장 전진하라. 그러면 이성은 스스로 본래의 기능을 발휘할 것이다.

56   당신은 오늘 죽은 몸이라고 생각하라. 당신의 전기(傳記)가 끝났다고 생각하라. 그런데 약간의 시간이 당신에게 더 주어진다면 그것을 계약에도 없는 덤으로 여겨라. 그리고는 자연의 순리에 따라 그 시간을 살아라.

57   운명의 모형에 따라 직조되어 당신에게 임하는 것만을 사랑하라. 이보다 더 당신의 필요에 적합한 것이 무엇이겠는가?

58   어떤 곤경에 이르면 같은 곤경을 당한 사람들의 경우를 생각하라. 그들이 얼마나 분노하고 경악하고 비난했는가를 생각하라. 그런데 지금 그들은 어디 있는가? 어느 곳에도 없지 않은가? 그런데 왜 그들의 전철을 따르려 하는가? 다른 사람들의 기분과 격정은 그냥 그들의 것으로 맡겨두어라. 그리하여 그러한 곤경을 선용할 수 있는 방법에 당신의 주의를 기울여라. 이런 식으로 당신은 그 곤경을 최선으로 이용하게 될 것이며 그 곤경은 살아 있는 경험의 소재로서 당신에게 봉사할 것이다. 무슨 일을 하든, 무슨 의도를 품건 당신 자신의 용납을 받으려고

힘써라. 당신의 행동을 촉발시킨 사건 자체도 당신의 의도나 노력 어느 쪽에게도 중요한 것이 아니라는 것을 명심하라.

59   자신의 내면을 파들어가라. 그곳에는 선이 솟는 샘이 있으리라. 그곳은 파면 팔수록 더 많은 샘물이 항시 솟아날 것이다.

60   당신의 육체도 견실히 가꾸어라. 그리하여 동작할 때나 휴식할 때를 막론하고 일그러짐이 없게 하라. 정신은 침착하고 절도 있는 표정을 유지함으로써 얼굴에 드러나는 것처럼 또한 이것은 육체 전체의 경우에도 요구되는 것이다. 그러나 이 모든 것은 어떤 종류의 허식도 없이 이루어져야 한다.

61   삶의 기술은 춤보다는 레슬링에 더 가깝다. 인생 역시 불의의 공격에 대비하여 견실하고 경계하는 자세를 요구하기 때문이다.

62   당신이 인정받기를 원하는 사람의 성격을 알려고 항시 노력하라. 또한 그들의 지도원리의 본질을 알고자 노력하라. 그들의 의견과 동기의 원천을 탐구하라. 그러면 그들이 무심결에 범한 무례를 비난하지 않게 되며 그들의 인정을 바라지도 않을 것이다.

63　"자진해서 진리를 빼앗기는 인간은 없다"고 어느 철인이 말했다. 정의, 자제, 친절, 그 밖에 다른 미덕의 경우도 마찬가지다. 이 사실보다 더 소중히 명심해야 할 것은 없다. 그러면 사람을 다룰 때 당신은 큰 도움을 받아 온정으로 대하게 될 것이다.

64　고통을 겪게 되었을 때는 항상 지체 말고 상기하라. 고통은 수치가 아니며 지배적인 지성을 편협하게 하는 여하한 것도 내포하고 있지 않다는 사실을 상기하라. 대부분의 경우 "당신의 고통에는 한계가 있다는 것을 명심하라. 환상적인 과장에 빠지지 않는 한 참을 수 없거나 영원히 지속되는 고통은 없다"고 한 에피쿠로스의 말은 도움이 된다는 것이 입증될 것이다. 또한 우리를 불쾌하게 하는 많은 것들, 예컨대 나른한 기분이라든가 열탕 같은 더위라든가 식욕의 상실 같은 것도 실은 고통의 일종이라는 것을 명심하라. 다만 그것들이 고통의 일종임을 당신이 깨닫지 못하고 있을 뿐이다. 이러한 어떤 것에 닥쳤을 때 불평하고 싶은 생각이 들면 고통에 굴복하고 있다고 당신 자신에게 말하라.

65　인간들이 몰인정할 때 그들이 타인을 향해 품는 감정을 당신이 그들에게 품지 않도록 주의하라.

66　텔라우게스는 소크라테스보다 인격이 모자랐을 것이라

는 것을 우리는 어떻게 아는가? 소크라테스는 보다 고귀한 죽음을 맞이했고 소피스트와 보다 예리하게 논쟁했고 서릿발같이 추운 밤을 보다 굳건히 견뎠고 살라미스의 레온을 체포하라는 명령에 보다 용감히 거역했고, 이건 진실인지 아닌지 의심이 가는 이야기지만 의젓하게 거리를 활보했다고 주장해도 별로 상관없는 일이다. 그러나 우리가 진실로 고려해야 할 점은 그가 어떠한 영혼을 소유하고 있었느냐 하는 점이다. 그가 바랐던 것은 인간들에게는 공정하고 신에겐 순수하게 보이는 것뿐이었을까? 그는 타인의 사악함에 대해 분노의 표시를 하지 않고 인간의 무지에 굴복하는 행위를 피했다는 것에 그친 것일까? 운명이 그에게 할당한 것을 부자연스러운 것으로 여기지 않고, 견디기 어려운 고통으로 인정하지도 않았으며, 육신의 경험이 자신의 이성에 영향을 주는 것을 허용치 않으면서 운명이 할당한 것을 그가 받아들였던가 하는 여러 가지를 고찰해야 한다.

67 자연은 지성이 자체의 한계를 확립하고 그 독자적인 영역을 지배하지 못할 정도로 복잡하게 이성과 육신을 혼합시키지는 않았다. 신적인 존재로 인식되지는 않겠지만 그러한 존재가 된다는 것은 진실로 가능하다. 그 점을 항상 명심하라. 또한 행복한 생활을 이루는 요소는 몇 가지 되지 않는다는 것도 명심하라. 당신이 변증법이나 물질자연의 이치를 통달하지 못했다 하더라도 자유나 자존심이나 비이기심이나 신의 의지에 대한 순종을 이루지 못할 것이라는 절망에 빠질 이유는 추호도 없다.

68   설사 온 세상이 여러 가지 요구로 당신의 고막을 찢고 야수들이 흙으로 빚은 가련한 당신의 육체를 갈기갈기 찢는다 해도 모든 강제를 거부하고 고요한 평온 속에서 당신의 나날을 살아가라. 이러한 와중에서도 정신의 평정을 방해하고 주위의 사물에 대한 정확한 평가를 방해하고 제공된 소재를 신속히 이용하는 것을 방해할 것은 없다. 따라서 당신의 판단력은 사건을 향해 "소문이 아무리 너를 다른 빛깔로 채색해도 너의 본질은 이것이다"라고 말할 수 있을 것이며 당신의 봉사정신은 기회를 향해 "너는 내가 바로 찾고 있는 것이다"라고 말할 수 있을 것이다. 순간순간에 일어나는 모든 것은 이성과 우애를 발휘할 훌륭한 소재이다. 한마디로 말해서 인간과 신의 속성인 기술의 재료인 것이다. 세상에 일어나는 모든 일은 신이나 인간과 특별한 관계를 가진 것이며 새롭고 풀 수 없는 문제가 아니라 낯익고 도움을 주는 친구의 형태로 도래하는 것이다.

69   하루하루를 임종의 날로 여기면서 살며, 흥분하거나 냉담하거나 뽐내지 않으면서 사는 것 ─ 여기에 인격완성이 깃든다.

70   신들은 영원히 살면서도 수많은 세대의 인간들과 그 인간들의 악덕을 계속 참아야 하는 일에 전혀 분개하지 않는다. 아니, 오히려 신들은 인간들에 대한 염려와 걱정을 온갖 방법으로 표시한다. 그런데 순간밖에 살지 못하는 당신이 인내심을 잃

어야 하는가? 당신 자신이 죄인이면서 인내심을 잃어야 하는가?

71   사람들이 자기 자신의 결점은 보지 못하고 남의 결점은 외면하지 않으려고 노력하는 것은 우습지 않은가? 자신의 결점은 피할 수 있지만 남의 결점은 대신 피해줄 수도 없는 일이 아닌가?

72   이성의 능력이나 사회생활의 능력이 터무니없거나 우애가 결여된 것으로 판정하는 것은 모두 열등한 것이라고 선언해도 과언이 아니다.

73   당신이 선행을 해서 다른 사람이 그것으로 이득을 보았다면 당신은 왜 다른 것을 더 원하는가? 왜 바보들처럼 당신의 선행에 대한 갈채나 어떠한 대가를 원하는가?

74   이익을 얻는 일에 싫증을 느끼는 사람은 없다. 그러나 유익한 것이란 자연에 일치하는 행위를 하는 데서 오는 것이다. 그렇다면 남에게 유익한 일을 부여하는 행위를 통해 그러한 이득을 받는 일을 역겨워하지 말아야 한다.

75   만유(萬有)의 열망은 질서정연한 세계의 창조였다. 따라서 현재 일어나는 모든 일은 논리적인 연속선을 따른다. 만일

그렇지 않다면 만유의 열망이 지향하는 지고의 목적은 불합리한 목적일 것이다. 이 점을 명심하면 여러 가지 상황을 보다 침착하게 대할 수 있을 것이다.

8

1   평생 동안, 아니 성인이 되고 난 후로부터 철학자로서의 인생을 영위해왔다는 주장은 이미 말도 되지 않는다는 것을 기억한다면, 자기만족에 사로잡히지 않는 데 도움이 될 것이다. 오늘날에 와서도 철학은 불가능하다는 것은 당신에게도 그렇겠지만 많은 다른 사람에게도 분명한 일이다. 따라서 당신의 마음은 혼란의 상태를 지속하고 있어서 철학자라는 직함을 얻기가 더 어려워지고 있다. 게다가 생에 있어서의 당신의 위치가 철학자가 되는 것을 끊임없이 방해한다. 일단 이러한 상태를 참된 견지에서 파악하고 나면 당신이 남에게 어떻게 보일까 하는 생각을 버리고 당신의 남은 여생을 당신의 본성이 바라는 대로 영위할 수 있으면 그것으로 만족해야 한다. 당신의 본성이 원하는 바를 알려고 애써야 하며 그 밖에 어떠한 것에 의해 정신이 산만해져서는 안 된다. 이제껏 행복한 생활을 추구하던 당신의 방황은 성공을 거두지 못했었다. 그것은 삼단논법이나 부나 명성이나 세속적 쾌락이나 그 밖의 다른 것에서도 발견될 수 없었다. 그렇다면 행복의 비결은 어디에 있는 것일까? 인간의 본성

이 추구하는 대상을 행하는 데 있다. 그 방법은? 충동과 행동을 규제하는 엄격한 원리를 적용함에 의해서다. 예컨대 무슨 원리냐고? 우리에게 무엇이 선하고 무엇이 악하냐에 관한 원리이다. 곧 인간을 공평하고 절제 있고 용기 있으며 독립적으로 만드는 데 도움이 되지 않는 것은 선일 수 없고 그와 반대 효과를 내지 않는 것 또한 악일 수 없다는 원리이다.

2   어느 행동에 임할 때에는 이것이 나에게 어떤 결과를 가져올 것인가를 자문해보아라. 그것에 대하여 후회하는 것은 아닐까? 하고 자문하라. 얼마 안 있어 나는 죽을 것이며 모든 것은 망각될 것이다. 그러나 만일 이러한 행동이 신(神)처럼 동일한 법칙의 지배를 받는 이성적이고 사회적인 존재에 합당한 것이라면 더 이상의 행동을 바랄 이유가 무엇인가?

3   알렉산더, 카이사르, 폼페이우스 — 이들은 디오게네스나 헤라클레이토스나 소크라테스에 비하면 얼마나 보잘것없는가? 이 세 사람은 사물과 그 원인을 알았고 그것들이 무엇으로 구성되었는가를 알고 있었다. 또한 이들의 지배적 원리는 동일한 틀 속에서 주조된 것이었다. 그러나 전자들은 얼마나 잡다한 것에 신경을 썼던가! 영원한 노예신세가 아니었던가!

4   당신이 아무리 속상하게 생각해도 인간들은 여전히 같은 일을 되풀이할 것이다.

5   가장 중요한 원칙을 말한다면 평온한 마음을 유지하라는 것이다. 왜냐하면 모든 것은 자연의 법칙에 순응해야 하기 때문이다. 또한 얼마 안 있어 당신도 하드리아누스나 아우구스투스처럼 무로 환원될 것이기 때문이다. 둘째, 사물을 직시하고 사물이 왜 존재하는가를 살펴라. 또한 선량한 사람이 되는 것이 당신의 의무임을 기억하라. 인간의 본성이 요구하는 것을 거리낌없이 행하고 당신의 생각으로 가장 정당한 것을 말하라. 말하되 예의와 겸손한 진지함을 잊지 말라.

6   우주 자연의 일은 다시 섞고 변화시키고 상호간의 전환을 이룩하는 것이며 한 상태로부터 다른 상태로 전이시키는 것이다. 어느 곳을 보나 변화가 있다. 그러나 예상치 못한 일을 우려할 필요는 없다. 왜냐하면 만물은 유구한 관습법에 의하여 지배되는 것이며 사물의 배합형식조차도 변하지 않기 때문이다.

7   모든 본성은 그 자신의 길을 순조롭게 걸어나갈 때 만족을 느낀다. 이성이 부여된 본성에게는 이것은 오도되거나 모호한 인상에 동조하지 않는 것을 의미하며, 사회적이 아닌 행동을 하려는 충동을 방치하지 않음을 의미하며, 자체가 처리할 수 있는 일에 모든 욕망과 혐오를 제한하며 자연이 할당한 모든 것을 동등하게 환영하며 받아들이는 것을 의미한다. 왜냐하면 이러한 자연이 할당한 만상은 실로 자연의 일부이기 때문이다. 그것은 마치 나뭇잎의 본성이 그 식물의 본성의 일부인 것과 같은

이치이다. 다만 나뭇잎의 본성은 감각과 이성이 없으며 좌절이 가능한 자연의 일부이고 인간의 본성은 좌절될 수 없을 뿐 아니라 지성과 정의감을 부여받은 본성이란 차이밖에 없다. 왜냐하면 자연은 모든 인간에게 알맞은 시간, 실체, 원인, 활동, 경험을 할당해주기 때문이다(그러나 개별적인 인간 하나하나 사이에 정확한 균등을 찾으려 하지 말고 인간들을 전체적인 면에서 비교하여 균등을 찾아야 한다).

8 학자가 될 꿈을 버려라. 그러나 당신이 할 수 있는 것은 오만을 억제하는 일이며 쾌락과 고통을 초월하는 일이다. 또한 당신은 명예의 유혹을 극복할 수 있다. 바보들이나 배은망덕한 자들 앞에서도 침착할 수 있고 심지어 그런 자들을 돌봐줄 수도 있다.

9 궁전생활에 대한 당신의 불평을 누구도 듣지 않도록 하라. 당신 자신도 못 듣도록 하라.

10 후회란 어떤 유용한 기회를 상실한 것에 대한 자책이다. 그런데 선이란 늘 유익한 것이므로 모든 착한 사람들의 관심사가 되어야 한다. 그러나 선량한 사람에겐 쾌락의 기회란 놓쳐버리고도 후회할 대상이 못 된다. 그러므로 쾌락은 선도 아니며 유익하지도 않다는 결과가 따른다.

11   이 물체는 그 나름의 독특한 구조를 가지고 있는데 그 본질은 무엇일까? 그 실체와 형태와 재료라는 면에서 보면 무엇일까? 세상에서 이것의 기능은 무엇일까? 어느 정도의 기간 동안 존속하는 것일까? 하고 자문하라.

12   졸음이 오는 것을 떨쳐버리기 어려울 때에는 당신이 사회에게 지고 있는 의무를 행하는 것이 인간의 본성과 당신 자신의 본질이라는 법칙에 순응하는 것임을 상기하라. 반면 잠은 이성이 없는 짐승에게도 공통적으로 존재하는 것임을 상기하라. 더욱이 자신의 본질에 대한 순응이 보다 적절하고 보다 알맞은 행위이며 실로 더 유쾌한 길임을 상기하라.

13   가능하면 모든 인상의 주된 특질과 자아에 끼치는 영향과 논리적 분석에 대한 반응을 발견하는 것을 습관으로 삼아라.

14   누구를 만나든, 사물의 선과 악에 대한 그 사람의 견해가 어떠한 것인지를 자문하는 것부터 하라. 그래서 만일 쾌락과 고통과, 그것의 원인에 대한 그의 신념과 명예와 불명예, 또는 생과 사에 대한 그의 신념이 이러저러한 유형이라면, 그의 행동이 그러한 그의 신념과 일치하는 것을 발견하고 놀라지도 않을 것이며 괘씸하게 여기지도 않을 것이다. 그 사람은 그럴 수밖에 없다고 나는 내심 생각하게 될 것이다.

15　무화과나무가 무화과를 만들어낼 때 놀랄 사람은 없다. 마찬가지로 세상이 세상 나름의 수확물인 여러 가지 사건을 낳는 것을 보고 놀라면 수치인 것이다. 의사나 선장은 각기 환자의 열을 진단하고 놀라거나 역풍을 보고 놀라면 수치가 될 것이다.

16　생각을 바꾸고 시정하는 충고에 경의를 표하는 것은 당신의 독자성을 희생시키는 행위가 아니다. 왜냐하면 그러한 행위도 당신의 충동과 판단과 사색의 추구라는 점에서 당신의 독자적인 행동이기 때문이다.

17　선택권이 당신에게 있다면 왜 그런 일을 하는가? 그러나 선택권이 타자의 것이라면 책임을 누구에게 전가시키려는가? 신에게? 원자에게? 그 어느 쪽에 책임을 전가하는 것은 미친 행위이다. 책임전가라는 개념 자체가 부당한 것이다. 할 수 있으면 잘못한 인간을 교정해주어라. 그렇지 않으면 그 잘못된 행위를 교정해주어라. 그것도 불가능하면 도대체 비난하는 행위의 보람이 무엇인가? 의미 없는 행위치고 행할 가치가 있는 것은 하나도 없다.

18　죽어가는 것치고 세계 밖으로 탈락되는 것은 없다. 그냥 이 지상에 남아 있는 것이다. 역시 이곳에서 변화하고 몇 가지 분자로 분해되는 것이다. 다시 말해서 우주와 당신 자신을 형성하는 원소로 환원되는 것이다. 그런데 그 원소들도 변화한

다. 그러나 그들은 불평하지 않는다.

19 말이든 포도넝쿨이든 모든 것은 어떤 의무를 위해 창조된 것이다. 이 점은 전혀 놀랄 것이 못 된다. 태양신 자신도 "내가 이곳에 온 것은 할 일이 있어서다"라고 말해줄 것이고 다른 하늘의 거주자들도 그렇게 말할 것이다. 그렇다면 당신은 무슨 일을 위해 창조되었을까? 쾌락을 위해서? 그러한 생각이 용납될 수 있을까?

20 자연은 늘 어떤 목적을 염두에 두고 있다. 그 목적이란 사물의 시작과 과정뿐 아니라 종말도 포함한다. 자연은 마치 공을 던지는 사람과 같다. 그 공이 올라가는 행위만이 바람직하단 말인가? 그것이 내려올 때나 떨어져서 땅에 있을 때는 해롭단 말인가? 또한 물거품이 서로 이는 것은 유익하고 없어지는 행위는 해로운 것일까? 촛불에도 같은 말을 적용시킬 수 있다.

21 이 죽어야 할 우리의 육신을 뒤집어서 그것이 나타내는 외형을 살펴보아라. 육신이 노쇠와 병약과 부패에 의해 어떻게 되는가를 살펴라. 칭찬을 하던 사람과 칭찬을 받던 사람들의 수명이 다같이 얼마나 짧은가! 기억하는 사람과 기억되는 사람의 수명이 모두 얼마나 덧없는 것인가! 그들이 차지하는 지상의 구석은 얼마나 협소한가. 그런데도 서로 화목하지 못하다니! 아니 이 지구 전체도 미소한 점에 불과하지 않은가!

22 물질적인 대상이든 행위이든 원칙이든 상대방에 의해 말해지는 내용이든 그것에 당신의 주의를 쏟아라.

이러한 실망은 고소한 일이다. 당신은 오늘 선을 실천하기 보다는 내일의 선을 희망하는 쪽일 것이다.

23 무엇을 하든 나는 인류에게 유용한 것이냐 하는 관점에서 행한다. 나에게 무슨 일이 일어나든 나는 신과 관련하여 받아들이고 또한 환경이라는 튼튼한 사슬이 발원된 우주적 원천과 관련하여 받아들인다.

24 목욕이 당신의 마음에다 무엇을 선사하느냐? 기름, 땀, 먼지, 기름이 뜨는 물, 그리고 구역질 나는 모든 것을 선사할 뿐이다. 어느 분야이든 인생은 바로 그런 것이고 인생에서 모든 물질적인 것은 그러한 것이다.

25 죽음이 루칠라에게서 베루스를 빼앗아갔고 얼마 후 루칠라 자신도 데려갔다. 죽음은 스쿤다에게서 막시무스를 데려갔고 그녀도 데려갔다. 에피틴카누스로부터 디오티무스를, 또한 그 자신을 데려갔고 안토니누스로부터 파우스티나를 데려갔고 이어서 안토니누스를 데려갔다. 언제나 그러한 법이다. 셀라는 하드리아누스를 묻었다. 그리고 자신도 묻혔다. 옛날의 고귀한 인간들, 저 예언자들, 저 오만했던 자들은 지금은 어디에 있는가? 카라크스, 플라톤 학파의 데메트리우스, 에우다에몬, 그

밖에도 이들과 유사한 사람들의 날카로운 기지, 이 모두는 하루
살이같이 벌써 죽어 없어진 지 오래다. 어떤 사람은 죽자마자
잊혀지고 어떤 사람들은 전설의 주인공이 되었고 어떤 사람은
전설 그 자체로부터도 소진되고 말았다. 그러니까 이 복잡한 당
신의 육신 역시 언젠가 분해될 것이며 육체에 생명을 불어넣는
호흡도 사라지거나 다른 곳으로 옮겨진다는 사실을 명심하라.

26   인간의 참된 기쁨은 인간으로서 해야 할 일을 하는 것
이다. 인간은 같은 인간에게 선의를 보이고 감각적 충동을 초월
하고 외형과 실제를 구별하고 우주자연과 그것의 역할을 규명
하도록 이 지상에 태어난 것이다.

27   우리에게는 세 가지 관계가 있다. 하나는 우리를 감싸
고 있는 육체라는 껍데기와의 관계이고, 둘째는 모든 사물 속에
일어나는 모든 것의 원천인 신적인 원인과의 관계이고, 셋째는
우리 주위에 있는 동료 인간들과의 관계다.

28   고통이란 육체나 영혼에 해롭다. 육체에 해로운 경우는
육체더러 스스로 고통을 말하게 하라. 그러나 영혼은 고통을 악
으로 간주하지 않고 이를테면 영혼의 하늘에 먹구름이 나타나지
않고 평온이 유지되도록 하는 능력이 영혼에게는 늘 있다. 왜냐
하면 자아로부터 나오지 않는 결정, 충동, 접근, 후퇴는 없기 때
문이며 어떠한 악도 이 자아 속으로 침투하지 못하기 때문이다.

29   "여하한 악이나 욕망이나 마음의 동요도 나의 영혼 속에서 서식처를 찾지 못하도록 할 수 있는 힘이 나에게는 있다. 모든 사물을 진실된 관점에서 인식하고 각 사물을 다루되 그것에 합당한 가치를 부여하는 능력을 나는 소유하고 있다." — 모든 환상을 버리고 늘 이처럼 자신에게 타이르는 행위를 계속하라. 이 자연이 당신에게 선사한 능력을 늘 염두에 두어라.

30   원로원에서 이야기할 때이건 개인에게 이야기할 때이건 품위는 있되 수사학적인 어휘를 피하라. 건전하고 유익한 논법을 채택하라.

31   아우구스투스 황제의 궁전을 생각하라. 그의 아내, 딸, 자식들, 선조들, 자매, 아그리파, 친척, 측근들, 친구들, 아레이우스, 마에케나 대신, 의사들, 사제들 — 이 모든 것은 사라지고 말았다. 멸망의 다른 기록에 눈을 돌려보아라. 개인의 소멸이 아니라 폼페이의 경우처럼 일족의 멸망을 생각해보라. 묘비에 '이 가문의 최후의 사람'이라는 비문을 남긴 사람을 생각해보라. 후계자를 남기려고 애쓴 선조들의 노고를 생각하라. 그러나 누군가는 결국에 가서 최후의 인간이 되어야 한다. 우리 이전에 전 인류가 한 번 모두 소멸했었다는 생각도 잊지 말라.

32   당신의 개별적인 하나하나의 행동은 통일된 생활을 형성하는 데 이바지해야 한다. 또한 각 행동이 그 범위가 허락하

는 한 이 목적에 맞춰 소임을 다하거든 이에 만족하라. 그것은 누구도 방해할 수 없는 것이기 때문이다. "밖으로부터의 방해가 있습니다" 하고 당신은 말하려느냐? 설사 방해한다 해도 그것은 당신의 의도의 정당성과 신중과 합리성에 아무런 영향을 미치지 않을 것이다. "하지만 어떤 실질적인 행위는 방해받을 것입니다"라고 당신은 말할 것이다. 아마 그것은 가능할 것이다. 그러나 선의로써 그러한 방해물을 용인하고 그 대신 현명하게 모든 노력을 다른 곳으로 돌린다면 당신이 말하는 통일된 인생에 알맞은 어떤 길을 대치시킬 수 있을 곳이다.

33   겸허하게 받아들여라. 그러나 우아하게 양보하라.

34   당신은 육신으로부터 잘려나가 혼자서 뒹구는 손이나 발이나 머리를 본 적이 있을 것이다. 그것은 자신에게 일어난 것을 받아들이지 않고 동료 인간들로부터 격리되어 이기적인 목적만을 위해 행동하면서 자신을 비하시키려고 최선을 다하는 인간에게 일어나는 상태인 것이다. 그때 당신은 자연의 통일성으로부터 벗어난 것이다. 자연의 일부로 태어났으면서도 그것과의 인연을 스스로의 손으로 잘라버린 것이다. 그러나 여기에도 아름다운 섭리가 작용하고 있다. 자신을 자연과 재결합시킬 수 있는 능력이 당신에게 있다는 점이다. 신은 인간 이외의 것에게는 분리되어 떨어져나간 것을 다시 결합시키는 능력을 허용하지 않았다. 따라서 인간에게 신이 부여한 자비를 망각하지 말라. 신

은 처음에 인간을 전체로부터 분리할 수 없게 했을 뿐 아니라 후에 분리되고 이탈된다 해도 다시 돌아와 재결합하여 전과 같은 전체의 성원이 되도록 하는 힘을 인간에게 쥐어주었다.

35   합리적인 만유의 본성이 각 인간에게 능력이란 장비를 부여했을 때 우리가 그것으로부터 받은 한 가지 능력은 바로 다음과 같다. 즉 자연은 모든 장애물과 반발을 변형시켜 운명의 모형을 따라 주어진 위치에 맞추어 자신에게 동화시키는 것처럼 인간은 각 장애물을 자신의 소재로 변형시켜 자신의 노력을 돕도록 이용하는 능력을 가지고 있다는 것이다.

36   당신의 전체 인생행로를 한눈으로 흘끗 보고 괴로워하지 말라. 당신에게 닥칠 모든 고난을 한꺼번에 걱정하지 말라. 어떤 일을 할 때마다 "이 일에서 참을 수 없고 지탱할 수 없는 것이 무엇일까?"를 오히려 자문하라. 패배를 자인하면 부끄럽게 된다는 것을 깨달을 것이다. 다음으로 미래와 과거가 아니라 현재가 당신을 괴롭히는 중압이라는 것을 명심하라. 심지어 이 현재의 중압도 그 자체의 한계로 제한하여 그 정도의 사소한 것을 참을 수 없는 당신의 정신적 무능에 대해 자신을 준엄하게 질책하면 훨씬 가벼워질 수 있으리라.

37   판테이아나 페르가모스가 지금도 베루스의 무덤 곁에 앉아 있을까? 카우리아스나 디오티무스가 하드리아누스 황제

의 무덤 곁에서 앉아 있는가? 그건 우스운 일이 아닌가! 가령 그들이 지금도 그렇게 한다고 치자. 죽은 자들이 그것을 알아준단 말인가? 설령 알아준다 해도 기뻐할까? 나아가서 가령 죽은 자들이 기뻐한다고 하면 애도하는 자들이 영생할 것인가? 그들도 마찬가지로 늙은 남녀가 되어 이번에는 죽을 차례가 되는 것이 아닌가? 그렇게 되면 조상하는 자들이 없어진 마당에 조상을 받는 측은 무엇을 할 수 있단 말인가? 악취와 부패일 뿐 모두 부질없는 짓이리라.

38 "볼 수 있는 눈이 있거든 보라." 이것은 크리토라는 현자의 말이다.

39 나는 이성이 있는 인간의 본질에서 정의와 상충되는 미덕을 찾지 못했다. 그러나 쾌락과 상충되는 자제가 있음을 발견했다.

40 당신을 괴롭히다고 상상되는 개념을 털어버려라. 그러면 당신은 안전하리라. "나의 자아라는 것이 무엇인가?" 그건 이성이다. "하지만 나는 이성의 덩어리가 아닙니다"라고 당신은 말할 것이다. 그렇다. 그렇다면 이성 자체가 자기 자신을 괴롭히지 못하도록 하라. 그리고 당신의 다른 부분이 고통을 받는다면 고통에 대한 의견을 형성하도록 하라.

41 육체에 활력을 주는 생명력이 지니는 본성에게는 감각의 좌절은 악이다. 또한 어떤 노력의 좌절도 악이다. 마찬가지로 식물의 본성 역시 좌절과 악이다. 마찬가지로 정신의 좌절은 정신의 본성에게는 악이다. 이 모든 것을 당신의 경우에 적용시켜라. 고통이나 쾌락이나 당신에게 영향을 끼치는가? 그 점은 감각기관이 살필 것이다. 목적을 달성하려는 당신의 노력이 좌절된 적이 있는가? 그 노력이 있을 수 있는 실패를 참작할 수 없는 것이라면 장애는 실로 이성이 있는 피조물로서의 당신에게는 악이 되는 것은 사실이다. 그러나 당신이 보편적인 필요성을 인정한다면 당신은 해를 입을 수 없거니와 좌절을 맛볼 수 없을 것이다. 정신의 영역에 관한 한 그것을 좌절시킬 수 있는 자는 없다. 불, 칼, 탄압, 모함, 그 밖의 모든 것도 이성을 손상시킬 수 있는 힘은 없다. "지구는 일단 원형을 취하고 현실성을 취한 이상 그것은 항상 원형을 유지할 것이다."

42 타인에게 고의로 고통을 준 적이 없는 나는 나 자신에게 고통을 줄 필요가 없다.

43 각자에게는 그 나름의 기쁨이 있다. 그러나 나의 기쁨은 나의 지배적 능력이 건전하여 다른 사람이나 나에게 일어나는 모든 일을 싫어하지 않고 모든 것을 반갑게 받아들이며 그 응분의 가치에 따라 활용하는 것이다.

44 현재를 최대로 이용하라. 오히려 내일의 명성을 목표하는 자들은 후세의 사람들도 그들이 지금 싫어하는 사람들과 조금도 다를 바 없으며 후세의 사람들 역시 죽어야 할 운명이라는 것을 기억하지 못하는 자들이다. 후세의 인간들이 당신에게 무슨 말을 하든, 당신에 대해 어떠한 의견을 갖든 그것이 당신과 무슨 상관이 있겠는가?

45 나를 붙잡아 마음껏 팽개쳐보아라. 나는 여전히 나의 내부에 신성함을 보존할 것이다. 그 본질에 어울리는 감정을 지니고 행동할 수 있는 한, 평온과 만족을 잃지 않을 것이다. 팽개침을 당한다는 것이 영혼에 상처를 주고 영혼을 악화시키고 용기도 정신도 없는 겁쟁이가 될 만큼 중대한 것일까? 도대체 무엇이 그렇게 중요하단 말인가?

46 인간의 본질에 일치되지 않는 사건은 인간에게 일어날 수 없다. 황소나 포도 넝쿨이나 돌의 본질에 일치하지 않는 일은 결코 그것들 어느 것에게 일어나지 않느다. 그렇다면 각개의 사물에 통상적이고 자연스러운 일이 일어났을 때 왜 당신은 불평을 하는가? 보편적인 본성은 당신이 견디어낼 수 없는 일은 당신에게 일으키지 않는다.

47 어떤 외부적인 일로 인해 당신이 고통을 느낀다면 그 고통은 그 일 자체에 기인하는 것이 아니라 그것에 대한 당신의

평가에 기인하는 것이다. 그러한 평가는 언제든 당신의 능력으로 제거할 수 있는 것이다. 만일 고통의 원인이 자신의 성격에 있다면 당신의 원칙을 교정하는 작업에 착수하라. 당신을 방해할 사람이 누가 있는가? 당신을 괴롭히는 것이 올바른 행동을 하지 않은 데서 오는 것이라면, 왜 불평을 중지하고 행동을 하지 않는가? "제거할 수 없는 장애물이 가로막고 있는가?" 그렇다면 염려 말라. 행동을 못하는 책임은 당신의 책임이 아니기 때문이다. "하지만 이 일을 완성하지 않으면 삶의 보람이 없지 않을까?" 그렇다면 좌절을 우아하게 받아들이고 세상과 기분 좋게 작별하라. 방해받지 않고 충분히 행동한 다른 사람들의 죽음을 모방하라.

48   당신의 고귀한 자아가 자신에 만족하고, 설사 그러한 반항이 전적으로 불합리한 것이라 하더라도 그 자체의 의지에 반하여 행동하기를 거부한다면 그것은 난공불락이 될 것이다. 당신의 고귀한 자아의 결정이 이성과 신중에 바탕을 둔 것이라면 얼마나 더 강한 것이 될 것인가! 이처럼 감정에서 벗어난 정신은 요새가 된다. 인간에게 있어 이러한 요새보다 더 강한 것은 없다. 일단 그 안으로 피신하면 모든 공격을 격퇴할 수 있기 때문이다. 이러한 사실을 인식하지 못함은 무지일 뿐이다. 또한 그것을 인식하면서 그리로 피신하려들지 않는 것은 정녕 불행 그 자체이다.

49 최초의 인상을 받았으면 그것에서 멈추고 그 이상의 것은 무시하라. 누가 당신에 대해 험담을 했다는 말을 전해 들었다고 하자. 이것은 전해 들은 말에 지나지 않는다. 그러나 이 말에는 당신이 이 험담 때문에 해를 입었다는 말은 들어 있지 않다. 나는 내 아들이 앓는 것을 본다. 그러나 내 아들이 위독한지 어쩐지 알지 못한다. 따라서 항상 최초의 인상만을 받아들이고 마음속에서 자신의 의견을 첨가하지 말라. 그러면 당신은 안전할 것이다. 그렇게 않으려거든, 세상의 모든 일을 관할하는 위대한 질서를 알고 있다는 시인의 의견만을 첨가하라.

50 당신의 오이는 쓴가? 던져버려라. 당신의 가는 길에 가시덤불이 있는가? 비켜서 가라. 그것으로 충분하다. "도대체 왜 그런 것들이 이 세상에 생겨났을까?"라는 말을 하지 말라. 자연을 연구하는 학도는 당신을 비웃을 것이다. 당신이 목수나 제화공의 작업장에 가서 대팻밥이나 가죽 조각이 널려 있다고 험담하면 목수나 제화공이 당신을 비웃게 되는 것과 같은 이치이다. 그러니 목수와 제화공은 그들의 쓰레기를 버릴 곳을 가지고 있다. 그러나 자연은 그러한 여분의 공간이 없다. 그러한 한계를 가지고 있으면서도 자연은 자기 안에 있는 것들이 시들거나 노화되거나 무용지물이 되면 이를 받아들이고 변화시켜 새로운 사물을 만들어내는 기적을 행한다. 따라서 자연은 밖에서 새로운 물질의 공급을 필요로 하지 않으며 쓰레기를 버릴 장소도 필요로 하지 않는다. 자연 자체의 공간, 자체의 소재, 자체의 기술

로써 충분하다.

51 우둔한 행동, 조리 없는 대화, 막연한 인상, 영혼의 내적인 혼란과 외적인 분란, 유유자적할 여지가 없는 생활 — 이러한 것들을 피하라. 순교가 있고 사지의 절단과 저주가 있다면, 순수하고 건전하고 절제하고 정당할 수 있는 정신능력에 어떤 영향을 끼칠까? 인간이 감미로운 물이 나오는 맑은 샘물 가에 서서 이 샘물에 저주의 말을 퍼붓는다 해도 이 샘물은 여전히 신선하고 건전한 물을 뿜어낼 것이다. 더욱이 그가 진흙이나 오물을 집어넣는다 해도 샘물은 이를 재빨리 흘려보내고 그것을 씻어내서 더러운 오점을 보이지 않을 것이다. 당신이 그렇게 영원한 샘물의 주인이 되려면 어찌할 것인가? 자비와 소박한 생활과 겸손 속에서 항상 자신의 주인이 되어야 하는 권리를 지키면 된다.

52 우주의 본질을 이해하지 못하면 인간은 자신이 어디에 있는지 모른다. 우주의 목적을 이해하지 못하면 인간은 자신이 어떠한 존재인지 알지 못한다. 우주 자체가 무엇인지도 알지 못한다. 이러한 것을 알지 못하는 사람은 자기가 어떤 목적을 위해 존재하는지도 이해할 수 없다. 자신들이 어디에 있고 어떠한 존재인지도 모르며 외치는 군중의 갈채를 추구하거나 피하려고 노력하는 어떤 인간에 대해 우리는 어떻게 생각해야 옳을까?

53   당신은 매시간 세 번씩 자신을 저주하는 어떤 인간의 칭송을 바라는가? 당신은 자신도 만족시킬 줄 모르는 인간의 마음에 들고 싶은가? 자신의 모든 행동을 회의하는 인간이 어떻게 자신에게 만족할 수 있겠는가?

54   당신의 호흡이 당신을 둘러싼 대기의 일부를 공유하는 것처럼 당신의 추리작용도 당신을 에워싼 자연의 섭리를 공유하게끔 해야 한다. 호흡할 수 있는 자에게 공기가 편재하듯 이성을 받아들일 수 있는 자에게는 만유편재적 이성의 섭리가 있는 법이다.

55   인간들의 보편적 사악함은 우주를 손상시키지 못한다. 어떤 개인의 특정한 사악함 역시 동료 인간을 해치지 못한다. 악은 다만 악에게 사로잡힌 죄수만을 해칠 수 있다. 하지만 그도 원하기만 하면 악으로부터 당장 해방될 수 있다.

56   니의 이웃의 입김이나 육신이 나에게 큰 관심사가 아니듯 그의 의지 역시 나의 의지와는 관계가 없다. 우리는 상호의존적인 존재이긴 하지만 각자의 자아는 나름대로의 독특한 권리를 가지고 있다. 만일 그렇지 않다면 나의 이웃의 사악함은 나의 사악함이 될 것이다. 그래서 신은 다른 사람으로 말미암아 내가 불행해지지 않도록 그러한 사태를 원치 않는다.

57   태양은 사방으로 쏟으며 분산되는 것 같지만 그것은 결코 고갈되지 않는다. 다시 말해서 이러한 유출은 단지 태양 자체의 확장이기 때문이다. 실로 광선(光線)이라는 이름은 '확장'이라는 뜻의 단어에서 온 것이다. 광선의 특성을 이해하려면 좁은 틈을 통해 어두운 방으로 흘러 들어오는 빛을 보라. 광선은 직선으로 연장되다가 마침내 고체를 만나면 정지된다. 그 고체는 자신을 넘어서 있는 공기 속으로 광선이 넘어가는 진행로를 차단한다. 그러면 광선은 그곳에 정지할 뿐 미끄러지거나 떨어지지 않는다. 사상의 전개나 확산도 이와 같아야 한다. 고갈되는 것이 아니라 자체를 확장해야 한다. 마주치는 장애물을 향해 난폭하고 격렬하게 돌진해서는 안 된다. 또한 절망적으로 추락해서는 안 된다. 자리를 잡고 정지하여 그것을 받아들이는 대상을 환히 비추어야 한다. 빛을 받아들이지 못하는 물체는 빛을 스스로 수탈당한 물체일 뿐이다.

58   죽음을 두려워하는 사람은 모든 감각의 상실을 두려워하거나 새로운 감각을 두려워하는 사람이다. 사실상 당신이 전혀 감각을 느끼지 못하게 되면 위험도 느끼지 못할 것이다. 그러나 새로운 감각을 얻을 수 있다면 당신은 새로운 피조물이 될 것이다. 따라서 생존이 끝나지 않을 것이다.

59   인간들은 서로를 위해 존재한다. 그렇다면 인간들을 향상시키거나 아니면 참아주어라.

60　화살과 정신은 날아가는 방식에 있어 서로 다르다. 정신은 조심스럽게 길을 더듬으며 모든 각도에서 한 가지 문제를 살피면서도 여전히 직진하여 자체의 목표로 향한다.

61　당신의 이웃이 가진 이성의 지배적 원리를 살펴라. 그리고 그로 하여금 당신의 지배적 원리를 살피도록 허용하라.

9

1   부정은 죄다. 자연은 이성적 동물을 만들 때 서로 이익이 되고 각자의 가치에 따라 서로 돕고 결코 동료 인간을 해치지 말도록 만들었다. 따라서 자연의 의지에 거역하는 것은 분명히 최고의 신에게 거역하는 죄이다. 불성실도 역시 죄이며 같은 여신(자연)에게 거역하는 죄이다. 왜냐하면 자연은 현존하는 실체의 본성이며 현존하는 것은 모든 피조물과 밀접한 유대관계를 갖고 있다. 진리란 만물을 제일 먼저 창조한 자연을 가리키는 말에 불과하다. 따라서 의도적인 거짓말은 거짓이 부정한 행위이기 때문에 죄임은 물론 부지중에 한 거짓말 역시 죄이다. 왜냐하면 그것은 자연의 조화를 깨뜨리고 질서 있는 우주 속에 불온한 무질서를 심는 행위이기 때문이다. 인간은 자연이 그에게 준 능력을 소홀히 하여 마침내 진실과 허위를 구별할 수 없는 지경에 이르렀기 때문에 아무리 본의는 아니라 하더라도 진실에 위배되는 위치로 타락하면 그것은 실로 불손한 행위이다. 또한 쾌락을 선이라고 추구하고 고통을 악이라고 회피하는 것은 죄이다. 그런 행위는 자연은 악덕과 미덕을 포상함에 있어

불공평하다는 비난을 틀림없이 초래한다. 왜냐하면 쾌락을 향락하고 쾌락을 얻는 수단을 가진 것은 악인이고 고통과 고통을 유발하는 사건은 선량한 인간들의 머리 위로 엄습한다는 이유에서이다. 게다가 만일 인간이 고통을 두려워한다면 그는 사물의 규정된 질서의 일부분이 되는 어떤 것을 두려워하는 것이다. 따라서 그것 자체도 죄이다. 만일 그가 쾌락의 추구에 열중한다면 그는 서슴지 않고 부정을 저지르게 될 것이며 그것 또한 명백한 죄이다. 아니, 자연이 미덕과 악덕을 구별하지 않는다고 할 때, 만일 그것이 사실이라면 그는 고통과 쾌락을 나란히 존재시키지 않았을 것이다. 그러니까 자연을 따르기를 원하는 사람은 자연과 같은 마음가짐을 해야 마땅하고 자연과 같은 무관심을 터득해야 한다. 따라서 고통이나 쾌락을, 죽음과 삶을, 명성과 불명예를 똑같은 무관심으로 대하지 못하는 사람은 분명히 죄를 범하는 것이다. 왜냐하면 그것들 모두는 자연이 차별 없이 채택하여 이곳에 존재시킨 것이기 때문이다. 자연은 차별 없이 이러한 것들을 채용한다고 말한 것은 창조된 사물의 연속되는 세대들은 차례로 같은 경험을 똑같이 체험한다는 뜻으로 말한 것이다. 즉 이것이 곧 태초에 섭리를 충동한 원초적인 충동의 산물이기 때문이다. 즉 그 충동은 미래에 생기할 존재의 씨앗을 택하여 그것에게 자기완성과 돌연변이와 번식의 능력을 부여하여 우주의 발아기로부터 현재의 질서로 향해 발전하도록 섭리를 움직였던 것이다.

2   고매한 감정의 소유자는 세속의 허위와 사기와 사치와 오만을 맛보지 않고 미리 세상을 하직하려 할 것이다. 그러나 이미 이런 것을 식상하도록 맛본 다음인지라 차선의 길은 당장 죽어버리는 것이리라. 당신은 정녕 악덕의 틈바구니에서 살아가기로 결심했는가? 아직도 이제까지의 경험이 악역으로부터 도피하라는 설득을 이룩하지 못했는가? 왜냐하면 정신의 오염은 우리를 둘러싼 대기의 불결이나 무질서보다 더욱 무서운 역병이기 때문이다. 우리는 동물인 까닭에 역병이 우리의 생명을 공격한다. 그러나 인간으로서의 우리를 공격하는 것은 정신적 악역이다.

3   죽음을 멸시하지 말라. 오히려 죽음의 도래를 미소로 대하라. 죽음이란 자연의 의사에 속하는 것이다. 청춘과 노년, 성장과 성숙, 이와 수염과 흰머리가 나는 것과 같이, 번식과 임신과 출산처럼, 또한 자연의 계절이 우리에게 가져오는 모든 다른 과정처럼 우리의 죽음도 자연스러운 것이다. 그러므로 사색하는 인간은 죽음을 가볍게 또는 초조하게, 아니면 멸시의 눈으로 보지 않을 것이다. 그는 또 하나의 자연적 과정을 기다리듯 죽음을 기다릴 것이다. 당신의 아내의 자궁으로부터 유아가 태어나기를 기다리듯 그 가냘픈 영혼이 그 육체라는 외피(外皮)로부터 빠져나가는 시간을 기다려라.

   그러나 당신의 마음이 보다 소박한 종류의 위안을 얻으려거든, 죽음이 당면했을 때 당신이 뒤에 남기고 떠나는 환경의 성격과 당신이 더 이상 어울려 섞일 수 없는 인물들을 회고하는 것보다 더 좋은 방법은 없을 것이다. 이러한 환경과 인물들에게 분노를 느끼라는 뜻이 아니다. 오히려 그들을 사랑하고 그들을 인자하게 참아주는 것이 당신의 의무이다. 그러나 당신은 당신과는 다른 원칙에 입각하여 사는 인간들로부터 헤어지고 있다는 것을 잊어서는 아니 된다. 혹시 한 가지가 당신의 떠나는 걸음을 지체시키고 생에 미련을 갖게 만들 것이다. 그것은 마음이 맞는 인간들과 교우관계를 맺는 기회일 것이다. 그러나 그처럼 의견이 맞지 않는 동료와의 삶에 지쳤던 생각을 하는 순간 당신은 "죽음이여, 내가 나를 더 이상 망각하기 전에 빨리 와다오!" 하고 부르짖을 것이다.

4 죄인은 자신에 대하여 죄를 짓는다. 악인은 자신에 대하여 악한 일을 하는 것이므로 자신의 행동에 의하여 더욱 악해진다.

5 사람은 일에 개입함으로써뿐 아니라 전혀 개입하지 않은 행위로써도 죄를 저지른다.

6 만일 현재의 의견이 확신에 근거를 둔 것이라면 현재의 행동은 비이기심에 근거를 둔 것이 될 것이며 현재의 감정은 외부로부터 당신에게 발생하는 모든 것에 만족할 것이다.

7   환상을 지워버려라. 충동을 억제하고 욕망을 눌러라. 지배적인 이성에 절대권을 갖게 하라.

8   이성이 없는 피조물에게는 다만 생명의 원리가 배당되어 있다. 이성이 있는 피조물에게는 유일한 정신의 원리가 분배되어 있다. 이 유일한 지구는 모든 지상의 사물에 형태를 골고루 부여하듯 시각과 호흡을 가진 우리들은 같은 빛에 의하여 사물을 보고 같은 공기의 호흡으로 숨을 쉰다.

9   같은 원소를 공유하는 만물은 자기 자신과 동일한 것을 찾는 경향이 있다. 흙의 성질을 가진 것은 지구를 향하여 중력을 받으며 물의 성질을 가진 것은 서로를 향해 흐르며 공기의 성질을 가진 것도 마찬가지다. 그런고로 그것들을 강제로 떼어놓기 위해서는 장벽이 필요하게 된다. 불꽃의 성향은 불의 원소적인 성격 때문에 하늘로 올라가는 경향이 있다. 심지어 이곳 지상에서도 불꽃은 같은 성질의 것과 합세하기를 어찌나 갈구하는지 어떤 종류의 물체이든 알맞게 건조된 것이면 쉽게 발화한다. 왜냐하면 불에 저항하는 요소가 적게 있는 상태이기 때문이다. 마찬가지 이치로 우주적 정신의 전체는 서로에게 끌린다. 그 끌리는 정도는 다른 것보다 강하다. 왜냐하면 창조의 계열 속에서 상위에 위치하는 것이므로 그들의 동류와 섞이고 융합되려는 욕망은 일층 강하기 때문이다. 이러한 재결합의 본능은 일차적으로 이성이 없는 피조물 사이에서 나타난다. 그 실례로

벌이 떼를 짓고 소들이 무리를 이루고 새들이 둥지를 틀고 암수가 교미하는 것을 우리는 볼 수 있다. 즉 그들에게는 이미 영혼이 움터 나오고, 제법 고등한 형태의 생활을 영위하고 있어 그들의 결합 욕구는 돌이나 나뭇가지에서는 찾아볼 수 없는 정도로 강렬하다. 그러나 이성이 있는 존재들에 이르고 보면 정치적 공동체, 우정, 가정생활, 공공의 집회, 그리고 전시에는 조약과 휴전협정이 있다. 이보다 한층 더 높은 차원으로 가면 어느 정도의 통일성이 상당한 거리를 두고 떨어진 실체 사이에 존재하게 된다. 예컨대 별들의 경우가 그렇다. 이처럼 창조의 서열이 높으면 높을수록 근접되어 있지 않은 것 사이에도 공감이 유발되고 있는 것이다.

그러나 현실을 보라. 이러한 상호간의 결합에 대한 열망을 망각하고 있는 것은 지성 있는 피조물인 우리뿐이다. 유독 우리 사이에서만 물결의 합류가 보이지 않는다. 그러나 아무리 인간이 이 결합으로부터 도피하고 싶어도 인간은 꼭 붙잡혀 얽매인 상태인 것이다. 자연은 인간이 대항하기에는 너무나 강하다. 조신스럽게 관찰하라. 그러면 보일 것이다. 동류 인간과 하등의 유대도 갖지 않은 인간보다는 지구와 무관하게 동떨어진 한줌의 흙을 발견하기가 더 수월할 것이다.

10 모든 것은 결실을 맺는다. 인간과 신과 전 우주는 각기 알맞은 절기에 열매를 맺는다. 이 말이 흔히 사용되듯이 다만 포도 넝쿨이나 그 밖에 그런 대상에만 국한된다 해도 상관없다.

이성 역시 열매를 맺는데, 그것은 자체를 위해서도 맺는 것이고 세계를 위해서도 맺는다. 왜냐하면 그것으로부터 다른 여러 가지 훌륭한 것의 수확이 나오는데, 그것들은 각기 이성의 흔적이 박혀 있는 것들이다.

11 가능하면 인간들을 잘 가르쳐라. 그러나 그것이 불가능하면 바로 그런 경우를 위해 관용이 당신에게 부여되었다는 것을 기억하라. 신들도 그러한 인간들에게 친절을 표시한다. 때로 신들은 매우 관대하여 건강과 부와 명성을 얻으려는 그들의 노력을 돕기도 한다. 당신도 그렇게 할 수 있을 것이다. 당신을 방해할 사람이 누가 있는가?

12 열심히 노력하라. 그러나 희생자면 하지 말라. 또한 동정이나 찬양을 받으려는 욕망은 버려라. 당신의 행동이나 행동 부재의 상태가 모두 이성 있는 시민으로서 합당한 것이 되도록 유의하면 족하다.

13 오늘 나는 나의 마음의 혼란으로부터 벗어났다. 아니 나로부터 마음의 혼란을 추방했다는 표현이 더 타당할 것이다. 왜냐하면 혼란은 밖에 있었던 것이 아니라 안에 있었기 때문이며 나 자신의 의견 밑에 깔려 있었기 때문이다.

14 만물은 경험해보면 진부하며 지속되는 기간이 너무 짧

으며 내용에 있어서 답답하다. 모든 면에서 오늘은 여러 세대 전에 죽어서 묻히고 사람들이 당면했던 시대와 다를 바 없다.

15   사물은 우리의 영역 밖에 존재한다. 그들은 지금 있는 그대로일 뿐 더 이상의 것은 아니다. 사물은 자신에 대하여 아무것도 모른다. 따라서 자신에 대한 평가를 내리지 못한다. 그렇다면 평가를 내리는 것은 누구일까? 우리의 안내자며 지배자인 이성뿐이다.

16   이성적인 사회적 동물은 좋든 나쁘든 자신의 감정에 의하여 영향을 받는 것이 아니라 의지에 의하여 영향을 받는다. 그와 마찬가지로 좋은 행동이든 나쁜 행동이든 그의 외적인 행동이란 것은 감정이 아니라 의지의 산물이다.

17   던져진 돌이 상승한다 해서, 그것에 선이 있는 것이 아닌 것처럼 낙하한다 해서 그것에 악이 따르지 않는다.

18   사람들의 가장 깊은 내면을 통찰하라. 그러면 당신이 어떠한 유형의 심판관을 두려워하고 있는지를 알 것이며 이 심판관이 자기 자신에 대하여 어떠한 심판이 가능한가를 알게 될 것이다.

19   만물은 변화하는 과정에 있다. 당신 자신도 끊임없이

변화하고 있고 당신의 어떤 부분은 끊임없이 썩어가고 있다. 전 우주도 마찬가지다.

20   타인의 실수를 그대로 방치하라.

21   활동의 정지, 활동의 불연속, 말하자면 충동과 의견의 죽음 속에는 악이란 없다. 어린 시절, 소년 시절, 청년기, 노년기 — 당신의 성장 과정을 돌이켜보아라. 그 각각의 변화 그 자체는 일종의 죽음인 것이다. 이 사실이 그다지도 무서운가? 할아버지 아래서 지내던 시절, 다음에는 어머니 밑에서 지내던 시절, 그리고 아버지 밑에서 지내던 시절을 생각해보라. 그 당시에 있었던 많은 차이와 변화와 결말을 추적하고 "그것들이 무서운 것이었던가?" 하고 자문해보아라. 이처럼 생명 자체의 중지, 생명의 단절과 변화는 무서운 것이 아니다.

22   당신 자신의 정신, 우주적 정신, 그리고 당신의 이웃의 정신을 지체없이 탐구해보라. 당신의 정신을 탐구하는 것은 그것을 정당하게 형성하기 위해서이며, 우주적 정신을 탐구함은 그 일부인 당신의 본질이 무엇인가를 알기 위함이며, 이웃의 것을 탐구함은 그 이웃이 무지한가 유식한가, 아니면 당신의 정신과 유사한 것인가 아닌가를 알기 위함이다.

23   하나의 단위로서의 당신은 사회 전체를 완성시키는 데

이바지하고 있는 것이며 그와 마찬가지로 당신의 행동 하나하나는 사회생활을 완성하는 데 이바지하는 것이어야 한다. 이러한 사회적 목적과 직접적이든 간접적이든 하등의 관계가 없는 행동은 사회 생활을 지리멸렬하게 만들 것이고 그 통일성을 파괴할 것이다. 그런 행동은 어떤 시민이 전체적 조화로부터 이탈하려고 최선을 다하는 행위처럼 이탈죄를 범하는 행위이다.

24 어린애 같은 말다툼, 어린애 같은 유희에 불과하도다. "시체를 운반하는 소견이 좁은 인간들아!" — 이것들보다는 호머의 귀신들이 더 현실감이 있다.

25 첫째 사물의 원형적 특성과 특질을 고찰하려면 형태를 이루는 재료를 제거하고 관찰하라. 그리고 그것의 효과가 지상에서 지속될 수 있는 시간을 결정하라.

26 당신의 안내자이며 지배자인 이성이 그 본연의 활동을 하는 것에 만족하지 않음으로써 야기되어 당신이 감당해야 되는 불행은 부지기수였다. 이제 이런 말은 그만 하기로 하자.

27 주위에 있는 사람들이 당신에게 비방과 악의의 화살을 겨냥하거나 다른 유해한 비난을 제기할 때, 그들의 영혼 깊숙이 파고들어 그들이 과연 어떠한 형태의 인간인가를 보라. 그들의 호평을 받으려고 애쓸 이유가 없음을 인식하게 될 것이다. 여하

튼 그들에게 자애로움을 베풀 의무는 그대로 남는다. 왜냐하면 자연은 그들을 당신의 친구로 만들었으며 신들도 그들이 염두에 두고 있는 목표를 달성하도록 꿈과 주문의 형식을 빌려 여러 가지로 그들을 돕고 있기 때문이다.

28 우주의 주기는 위로 올라갔다가는 다시 아래로, 영원한 시공 속에서 변함없이 반복된다. 우주적 이성은 개별적인 사건을 연달아 일어나게 하려는 의지가 있는 모양이다. 그렇다면 그 결과를 받아들여라. 어떠한 우주의 의지는 한 가지 중요한 계기로써 작용한 것이며 그 밖의 모든 현상은 부수적인 활동이며 하나의 사건이 다른 사건의 원인이 되면서 작용하는 것인지도 모른다. 달리 표현하자면 사물은 각기 별개의 단위이거나 전체를 이루는 불가분의 인자일 것이다. 그 전체라는 것이 신이라면 모든 것이 다행이다. 그러나 그것이 목적 없는 우연이라 하더라도 적어도 당신까지 목적 없이 방황할 필요는 없다.

얼마 안 있어 흙이 우리 모두를 덮어버릴 것이다. 그리고 곧이어서 흙 자체도 변할 것이다. 또한 이 변화로부터 나온 것도 영원히 변화할 것이며 지구가 끝나는 날까지 변화는 제 위치를 고수할 것이다. 이 변화와 변형이라는 급한 물결을 숙고하는 것은 바로 유한한 사물에 대한 경멸을 터득하는 행위이다.

29 우주적 원인은 홍수를 맞이한 강과 같다. 그것은 모든 것을 쓸어간다. 그렇다면 정치무대에서 연극하고 참된 철학적

정신 속에서 행동하고 있다고 믿는 저 가련한 인간들은 얼마나 무지한 인간들인가! 코를 풀 줄도 모르는 갓난아기이다. 성인인 당신은 어떻게 처신할 것인가? 말할 필요도 없이 자연이 이 순간 당신에게 요청하는 바를 행하라. 기회가 허락할 때 착수할 것이며 남이 보고 있는가를 확인하려고 돌아보지 말라. 그렇다고 플라톤의 이상국가를 기대해서는 안 된다. 사소한 노력이 결실을 맺으면 만족할 것이며 그 결과를 하찮은 성과로 여기지 말라. 인간의 확신을 변경할 수 있는 것이 누구란 말인가? 또한 확신의 변화가 없다면 마음에도 없는 굴종과 위장된 응락 이외에 무엇이 있을 수 있는가?

30 신비한 의식, 폭풍이 이는 바다와 잔잔한 바다를 가리지 않는 다양한 항해, 태어나서 모여 살다 죽어가는 인간들의 천태만상 등 ― 이 수없이 많은 인간의 무리를 이렇게 높은 곳에서 내려다보라. 나아가서 지나간 세대들의 생활상을 생각해보라. 그러고 나서 앞으로 이 세상에 태어날 세대들의 생활을 생각하고 현재에 사는 세대와 먼 곳에 사는 야만인들의 무리를 생각해보라. 간단히 말해서 당신의 이름을 모르는 사람이 얼마나 허다한가를 생각하라. 또한 얼마나 더 많은 수의 인간이 당신의 이름을 망각할 것인가를 생각하라. 지금 당신을 찬양하지만 곧 당신을 비방할 사람이 얼마나 많을까를 생각하라. 그러므로 후세의 명성이나 영광이나 그 밖의 것들이 무가치하다는 것을 깨달아라.

31　환경에 의해 밖으로부터 야기되는 일에 대해서는 동요하지 말라. 내부적 원인에 의해 일어나는 일에 대해서는 공명정대하라. 마지막으로 의지와 행동 모두가 사회적인 규범에 따르고 당신의 본성의 법칙을 이행하는 것이 되게 하라.

32　당신을 괴롭히는 것 중에는 제거해야 할 무용지물이 많다. 그것들은 당신의 상상력이 만들어낸 것에 불과하기 때문에 당신은 그것들을 제거할 수 있다. 당신의 마음속에 깃들어 있는 우주를 파악하고, 영원한 시간을 관조하고, 모든 개별적 사물의 신속한 변화를 생각하고, 생성되었다가 소멸되는 기간이 얼마나 짧으며 생성 이전의 시간과 소멸 이후의 시간이 얼마나 무한하고 끝없는가를 생각함으로써 당신은 보다 광범한 세계로 진입할 수 있을 것이다.

33　잠시 후 당신의 눈앞에 있는 모든 것은 소멸될 것이다. 이러한 소멸을 목적하는 사람들도 오래지 않아 같은 길을 갈 것이다. 그렇다면 가장 장수한 할아버지와 요람에서 죽은 갓난아기 사이에 무슨 차이가 있을 것인가?

34　이러한 인간들을 이끄는 본능과 그들이 추구하는 목적과 그들이 사물을 좋아하고 소중히 여기는 근거가 무엇인가를 관찰하라. 간단히 말해서 그들의 영혼이 알몸으로 된 상태를 상상해보라. 그러나 그들은 자신들의 찬양과 비난이 이익을 주기

도 하고 손해를 입힐 수도 있는 힘을 가졌다고 상상하고 있지 않은가! 이 얼마나 외람된 생각인가!

35 상실은 변화에 불과하며 변화는 자연의 기쁨이다. 세상이 생겨난 이래 만물은 자연의 명령에 따라 오늘날과 다름없는 방식으로 진행되어왔다. 또한 이 진행은 시간이 끝나는 날까지 계속될 것이다. 그렇다면 이 모든 질서가 그릇된 것이고 영원히 그릇된 것이라고 어찌 말할 수 있는가? 하늘에 있는 모든 신들도 이것을 수정하는 데 하등의 역할도 못하는 것이며 세계는 영원히 악의 구렁텅이에 빠지도록 저주받은 것이라고 어찌 당신은 말할 수 있는가?

36 우리 모두의 본질은 썩어가는 것이다. 그것은 습기와 진흙이며 뼈와 오물이다. 우리가 소중히 여기는 대리석은 흙의 경결(硬結)에 불과하며 금과 은은 흙의 침전물에 불과하며 우리의 의복은 털의 부스러기에 불과하며 우리의 자포는 생선의 피에 불과하다. 그 밖의 모든 것도 그와 비슷한 것이다. 생명의 호흡 자체도 그와 같아서 이것에서 저것으로 변화하고 있을 뿐이다.

37 이 비참한 삶, 이 끝없는 불평, 이 원숭이 같은 광대짓, 이제 그런 것에 식상하지 않았는가? 왜 당신은 그렇게 안절부절못하는가? 전에 없던 새로운 것은 결코 일어나지 않는다. 그런데 지금 당신을 불안하게 하는 것은 무엇인가? 사물의 형상인

가? 잘 살펴보아라. 사물의 자료인가? 그것 역시 잘 살펴보아라. 형상과 재료 이상의 것은 아무것도 없다. 이미 때는 늦었지만 신 앞에서 부끄러움이 없도록 보다 소박하고 보다 착한 인간이 되어라. 이 교훈을 터득하는 데는 3년이나 1백 년이나 마찬가지인 것이다.

38 인간이 죄를 지으면 손해는 자기 자신에게로 돌아간다. 그러나 어쩌면 그는 죄를 짓지 않았을지도 모른다.

39 만물은 단 하나의 이성적 근원으로부터 나와 단일체(單一體)를 구성하기 위해 제 위치를 잡고 있음에 틀림없다. 따라서 전체의 이익을 위해 발생하는 것에 대해 어느 부분은 불평해서는 안 된다. 만일 그렇지 않다면 세계는 원자일 뿐이며 원자의 이합집산에 불과할 것이다. 그렇다면 당신은 왜 마음의 동요를 느끼는가? "너는 죽어서 부패되고 있는가? 너의 역할이 바로 이것이냐? 너는 들짐승의 수준으로 타락하여 짐승떼와 더불어 풀을 뜯으며 몰려다니느냐?" 하고 당신을 관할하는 이성에게 말하라.

40 신들에겐 힘이 있거나 없거나 둘 중의 하나다. 그들에게 힘이 없다면 왜 당신은 그들에게 기도하는가? 그들에게 힘이 있다면 이러저러한 것을 베풀어달라고 기도할 것이 아니라, 두려워하는 것을 두려워하지 않게 해주고 탐하는 것을 탐하지

않게 해주고 슬픔에서 구해주십사고 왜 기도하지 않는가? 만일 신들이 인간을 조금이나마 도울 수 있다면 그것은 바로 이러한 방법으로 가능한 것이다. 어쩌면 당신은 "신들이 그러한 능력은 나에게 일임했습니다"라고 말할지 모른다. 그렇다면 노예나 거지처럼 당신의 능력으로 얻을 수 없는 어떤 것을 달라고 애원하느니 차라리 당신의 능력을 이용하여 자유인이 되는 것이 나을 것이다. 인간에게 가능한 일에 대해서는 신은 도움을 주지 않는다고 말한 사람은 누구였던가? 그러니 그러한 식으로 기도를 시작하라. 그러면 깨닫게 될 것이다. 다른 사람이 "저 여자를 소유하게 해주십시오" 하고 기도할 때 당신은 "저 여자를 소유하겠다는 욕심을 제거해주십시오" 하고 기도하라. 다른 사람이 "아무개를 제거토록 해주십시오" 하고 기도할 때 당신은 "그 사람을 제거하고 싶은 저의 욕망을 누를 수 있게 해주십시오" 하고 기도하라. 다른 사람이 "나의 소중한 자식을 잃지 않게 해주옵소서" 하고 기도할 때 당신은 자식을 잃으면 어찌 하나 하는 공포심으로부터 벗어나게 해달라고 기도하라. 간단히 말해서 당신의 간원의 방향을 그런 방향으로 바꿔라. 그리고 나서 결과를 보아라.

41 "병상에 있는 동안 나는 나의 신체의 지병에 대해 이야기하지 않았다. 나는 방문객들과 그런 이야기는 화제에 올리지 않았다. 나는 전처럼 자연철학의 원리는 계속 다루었다. 내가 특히 숙고한 주제는 인간의 정신이란 것이 육체의 이러한 혼돈

속에 일부가 관여해 있으면서도 동요를 느끼지 않고 고유한 선을 어떻게 추구할 수 있는가 하는 것이었다. 또한 나는 의사들에게 저희들이 무슨 위대한 일이나 하는 것처럼 의기양양한 풍채를 과시할 기회를 주지 않았다. 나의 인생은 순조롭고 행복하게 정상적인 길을 걸어갔을 뿐이다"라고 에피쿠로스가 말했다. 그러니까 당신이 병상에 누웠을 때 또는 그 밖의 다른 재난에 부딪쳤을 때 에피쿠로스처럼 행동하라. 어떠한 일이 닥치든 철학을 포기하지 말 것이며 무지한 자들이나 철리를 모르는 인간들이 이야기하는 쓸데없는 대화에 참여하지 말라. 이것은 모든 학파가 동의하는 금언이다. 당신 앞에 놓인 과업과 그 과업의 완수를 위해 당신이 소유한 연장에만 전적으로 집중하라.

42 어떤 인간의 뻔뻔한 행위에 분노를 느낄 때면 "뻔뻔한 인간이 없는 세계가 존재할 수 있을까?"를 즉시 자문하라. 그런 세계는 존재할 수 없다. 그렇다면 불가능을 요구하지 말라. 그 사람도 세상이 존재하는 데 필요한 뻔뻔한 인간 중의 하나일 뿐이다. 또한 악한이나 배신자나 어느 다른 형태의 부도덕과 마주칠 때마다 같은 생각을 하라. 이러한 유형의 인간들도 없어서는 안 된다는 것을 상기하기만 하면 당신은 그 개인에게 보다 친절할 수 있을 것이다. 또한 그러한 경우라 해도 자연이 인간에게 부여한 덕 중에서 이러한 악덕과 상반되는 것이 무엇인가를 상기해보는 것도 유익할 것이다. 다시 말해서 자연은 우리에게 해독제를 주었기 때문이다. 예컨대 잔악성에 대응하는 온화함이

라든지 다른 해독에 대응할 치료제를 주었다는 말이다. 일반적으로 말해서 실수를 범하는 자에게 그 실수를 보여줄 기회를 이용하라. 사실 잘못을 저지르는 사람은 적절한 목적을 상실했기 때문에 실수를 저지를 수밖에 없기 때문이다. 그건 그렇고 당신은 무슨 해를 입었는가? 당신을 분개시킨 자라 해도 그가 한 일이 당신의 정신에 악영향을 미칠 수는 없었을 것이다. 당신 자신에게 해롭고 악한 어떤 일이 발생했다면 그것은 당신의 마음으로부터 생긴 것이다. 무지한 자가 결국 무지하게 행동하는 것에 무슨 잘못이 있으며 놀랄 것이 있겠는가? 오히려 그러한 인간이 그러한 식으로 당신의 감정을 상하게 하리라는 것을 예기치 못한 당신 자신에게 잘못이 있지 않을까를 생각하라. 당신에게는 이러한 사람은 이러한 잘못이 있지 않을까를 생각하라. 당신에게는 이러한 사람은 이러한 잘못을 저지를 수 있다고 추리할 수 있는 이성이 주어져 있는데도 불구하고 당신은 그 사실을 망각하고 있었던 것이다. 그래서 그의 과오가 당신을 경악시킨 것이다. 따라서 모함이나 배은망덕 때문에 어떤 인간에게 분노를 느낀다면 자신의 생각의 방향을 우선 자신에게로 돌려라. 그러한 인간의 신의를 믿었던 것이나, 친절을 베풀면서 무조건의 친절이 아니라 어떤 충분한 보상이 올 것이라고 믿은 것도 분명히 당신의 실책이었기 때문이다. 당신이 어떤 사람에게 봉사했다면 그 이상 무엇을 더 바랄 수 있는가? 어떤 대가를 기대함이 없이 자신의 본성의 법칙에 따랐으면 그것으로 충분한 것이 아닌가? 그건 마치 눈이 시력에 대한 보상을 요구하고 다리가 보행에 대한 보상을 요구하는 것과 다름없을 것이다. 눈과 다리가 존재하는 것은 바로 그러한 목적을 위해서이다. 하도록 창조된 일을 할 때에 그 본래의 소임을 다하는 것이다. 마찬가지로 인간은 자비로운 행동을 하기 위해 태어났다. 따라서 그가 친절한 행동을 하거나 달리 공공의 이익을 위해 봉사했다면 그는 마땅히 해야 할 일을 한 것이며 적절한 보상을 받은 것이다.

10

1　나의 영혼아! 그대는 선하고 진지하며 한결같고 적나라하게 되어 그대를 둘러싼 육신보다 뚜렷하게 자신을 드러내지 않으려는가? 사랑하고 자애로운 심성의 감미로움을 맛보지 않으려는가? 충일해져서 결핍을 느끼지 않으며, 아무것도 갈구하지 않으며, 그대의 쾌락을 얻는 데에 생물이나 무생물이 필요치 않은 상태가 되어보지 않겠는가? 쾌락을 즐길 시간이나 장소나 시골이나 쾌적한 날씨나 마음에 맞는 친구와의 교제 같은 것을 필요로 하지 않는 상태가 되어보지 않겠는가? 언제 그대는 현상태에 만족하고 주위에 있는 모든 것에서 행복을 느끼려는가? 모든 것은 그대의 것이며 신으로부터 오는 것이라고 믿으며, 모든 것이 신에게 기쁨을 주고, 완전하고 살아 있는 우주의 안전과 안녕을 위해 신이 규정한 것인 한 그것은 그대와 함께 조화를 이루며 앞으로도 조화를 유지할 것이라고 믿지 않겠는가? 완전하고 살아 있는 우주란 매우 선하고 공정하며 아름다운 것이어서 모든 것에 생명을 부여하고 모든 것을 부양하고 감싸주며 분해되는 경우에는 그것들을 자신 속으로 흡수하여

그곳에서 다른 종류의 사물을 움트게 하는 대상이다. 신과 인간을 향하여 아무 불평의 말을 하지 않고 그들로부터 질책의 말을 듣지 않을 정도로 인간과 신과의 우애를 맺기 합당한 영혼이 되어보지 않겠는가?

2   위대한 자연의 지배를 받는 사람답게 당신의 본성이 당신에게 요청되는 바를 주의 깊게 살펴라. 그리고는 그 요구하는 바가 당신의 육체적 본질에 해를 미치지 않는 한 그것을 행하고 받아들여라. 또한 당신의 육체적 본성의 요구를 주의 깊게 살펴라. 그 요구가 이성적인 본질에 해를 미치지 않는다면 그 요구를 받아들여라(여기서 이성적이라는 말은 사회적이라는 뜻을 내포한 말이다). 다른 일에 수고를 낭비하지 말고 이 원칙을 준수하라.

3   이 세상에 일어나는 모든 일은 당신이 감당하도록 자연이 이미 준비한 것이거나 아니면 미처 자연이 준비시키지 않은 것이다. 만일 난처한 일이 일어났는데, 당신의 인내력으로 감당할 수 있는 일이라면 분개하지 말고 자연이 준 능력껏 그것을 인내하라. 그 일이 당신의 인내력의 한계를 넘는 것이라 하더라도 분개하지 말라. 왜냐하면 그 난처한 대상이 당신을 일단 압도하면 그것의 존재 또한 사라질 것이기 때문이다. 그러나 어떠한 일이든 자신의 이익이 되며 그것을 행하는 것이 의무라고 간주함으로써 참고 감당할 수 있다고 당신이 판단을 내릴 수 있는

한, 자연은 무엇이든 참을 수 있는 능력을 당신에게 부여했다는 사실을 기억하라.

4   어떤 사람이 과오를 저지르거든 친절히 타이르고 그의 과오를 입증해주라. 만일 그를 설득하지 못한다면 당신 자신을 꾸짖어라. 아니면 아무도 탓하지 말라.

5   당신에게 일어나는 모든 일은 태초에 미리 예정된 일이었다. 인과관계라는 모포 속에서 당신의 실은 유구한 시간을 거쳐오면서 그 특정한 사건을 직조하고 있었던 것이다.

6   우주가 원자로 구성된 혼돈체이든 자연적으로 성장해 온 것이든, 나는 자연이 지배하는 전체의 일부라는 것을 확신한다. 나의 둘째 확신은 나와 나 이외의 다른 부분 간에는 동류적인 유대관계가 있다는 확신이다. 이러한 생각을 염두에 둔다면 첫째 일부분으로서의 나는 전체가 나에게 할당하는 것에 불만을 느끼지 않을 것이다. 왜냐하면 전체에게 유익한 것이면 부분에게도 해롭지 않을 것이며 전체에게 유용하지 않은 부분은 그 전체 자체 속에 내포되지 않을 것이기 때문이다(이 말은 모든 자연의 유기체에게도 해당되는 말일 것이다. 또한 우주의 본질은 우주 밖에 있는 어떤 원인으로 해서 그 자체에게 해로운 것을 생성하도록 강요받는 일이 결코 없다는 특징이 있는 법이다). 그러니까 나는 전체의 한 부분이라는 사실을 기억하고 나

에게 닥치는 운명을 기꺼이 받아들일 것이다. 둘째, 나와 나의 동료가 되는 다른 부분 사이에 이러한 유대가 있는 한, 나는 전체의 복지를 해칠 일은 결코 하지 않을 것이며 이 공동의 유대를 일부러라도 염두에 두고 그 다른 부분을 향하여 모든 동작의 초점을 맞추며 그것들과 어긋나는 것은 피할 것이다. 이렇게 행동하면 나의 생명의 강물은 순조롭게 흐르지 않을 수 없을 것이다. 즉 행동을 하되, 동료시민에게 한결같이 유익하며 자기의 도시가 맡기는 어떤 일이든 기꺼이 환영하는 어떤 공복의 생활처럼 순조롭게 흘러갈 것이다.

7 만유의 모든 부분들— 이 표현은 우주 속에 원래부터 담겨 있는 모든 것을 의미하는 말인데 — 은 때가 되면 쇠퇴하게 마련이다. 더 정확히 말해서 형태의 변화를 감수해야 한다. 이러한 변화가 그 본질에 있어 불가피할뿐더러 자체에게 명확한 해악이라면 만유의 순조로운 진행은 계속되지 않을 것이다. 왜냐하면 그 부분들은 늘 이러저러한 형태의 변화를 향해 내달을 것이며 각기 독특한 방법으로 쇠퇴할 가능성이 있기 때문이다. 그렇다면 자연은 자신의 일부인 사물들에게 고의적으로 해를 가하여 그 부분으로 하여금 해에 직면하게 할 뿐만 아니라 피할 수 없을 정도로 해악에 사로잡히게 할 의도가 있었단 말인가? 또는 그러한 해악이 자연 자신도 모르는 사이에 일어날 수 있단 말인가? 이 중 어느 가정도 신빙할 가치가 없다. 설혹 자연 자체를 고려 대상으로부터 제외하고 모든 것을 정상적인 창조의

단계라는 관점에서 설명한다 하더라도, 전체 중의 부분들이 이처럼 변화하는 것을 보고 자연스럽지 않은 사건인 것처럼 그것에 놀라거나 분개하면서 동시에 그 변화는 정상적이라고 말하는 것은 여전히 부조리하다. 사실 부분들이 하는 일이란 고작해야 그들을 구성하는 원래의 원소로 환원하는 것이기 때문에 더욱 부조리하게 느껴진다. 결국 분해란 것은 나를 구성하는 원소의 단순한 분산이 아니라고 해도 그것은 고체가 흙으로 변하고 정신적 요소는 공기로 변하여 모두가 우주적 이성으로 흡수되는 것임에 틀림없기 때문이다(이것은 불에 의한 주기적인 말소이든 영원한 변화의 주기 속에서 끊임없는 재생을 계속하는 것이든 상관없는 일이다). 그러나 이러한 고체 분자와 기체 분자들은 우리가 태어날 때 갖추고 나온 것이라고 상상해서는 안 된다는 것을 명심하라. 왜냐하면 현재의 우리를 구성하는 것은 어제나 그저께보다 더 이전에 먹은 고기나 호흡된 공기로부터 추출된 요소로 된 것이 아니기 때문이다. 그렇기 때문에 신체에서 변화하는 것은 어머니가 본래 낳아준 것이 아니라 그 이후에 우리가 흡수한 것이다.

8   선하고 겸손하고 진실하고 순결하고 정의감이 있고 고상하다는 명칭을 받았을 때에는 그것에 먹칠하지 않도록 조심하라. 우연히 그러한 명칭을 잃게 되거든 지체없이 그것을 회복하도록 노력하라. '마음이 순결'하다는 것은 개개의 사물을 식별력을 발휘하여 고려하고 그것에 주의력을 쏟는 것을 의미하

며 '정의감'이라는 것은 자연이 당신에게 부여한 모든 것을 기꺼이 받아들이는 것을 의미하고 '고상'하다는 것은 지성이 순조롭거나 고통스러운 육체의 활동을 초월하고, 명성이나 죽음이나 그 밖에 다른 잡념을 초월하여 승화되는 것을 의미한다. 이러한 명칭에 부합되도록 삶을 영위하라. 그러나 다른 사람들이 당신에게 그러한 명칭을 적용했으면 하는 욕망을 버려라. 그러면 당신은 거듭날 것이고 다른 삶으로 접어들 것이다. 현재의 타성을 벗어나지 않고 계속 생활에 찌들어 있다는 것은 바보나 나약한 자들의 생활 태도이다. 이는 마치 투기장의 야수에게 갈기갈기 찢기고 온몸에 피와 타박상을 뒤집어썼으면서도 내일까지 살려달라고 애원하는 투사와 같다. 내일도 그는 상처를 입은 채 똑같은 이와 발톱을 향해 던져질 신세인 것이다.

9 매일매일 당신을 에워싸고 있는 저속한 익살, 말다툼, 소심, 나태, 굴종은 공모하여 당신의 마음으로부터 그 마음이 지각 없이 두려워하고 생각 없이 무시한 성스러운 교훈을 지워버릴 것이다. 의무가 당신에게 요구하는 것은 각개의 사물을 관찰하고, 그때그때의 상황이 요구하는 것에 대처하면서 동시에 당신의 사유능력을 충분히 발휘할 수 있는 방법으로 하나하나의 행동을 수행하는 것이다. 또한 모든 상응하는 세목을 터득한 사람으로서의 자신감을 유지하되(과시하지는 않지만 숨기지도 않으면서) 자신감을 유지하는 것 또한 당신의 의무이다. 참된 성실성과 존엄성에서 오는 행복에 도달해보지 않겠는가? 또한

개별적인 사물의 본질을 파악하고 우주의 질서 속에서 그것이 차지하는 위치는 무엇이며 지속되는 시간은 어느 정도이며 그것을 구성하는 구조는 어떠하며 누구에게 속하며 이 사물을 주거나 다시 철회하는 능력의 소유자는 누구인가 하는 데 대한 지식을 획득하는 행복에 도달해보지 않겠는가?

10 거미가 파리를 잡았을 때 대견해 하듯이 어떤 사람은 토끼를 덫으로 잡았을 때 대견스러워한다. 어떤 사람은 청어를 잡았을 때, 또 어떤 사람은 멧돼지나 곰을 잡거나 사마티아 사람을 잡았을 때 대견해 한다. 사실 원칙이란 문제를 깊이 파고들어볼 때 이들은 모두 강도 이외에 무엇이란 말인가?

11 우주의 변화 과정을 관찰하는 습관을 길러라. 그리하여 그것에 부단한 주의를 경주하라. 또한 이러한 분야의 학문에 철저한 수련을 쌓아라. 왜냐하면 그것보다 정신을 승화시키는 것은 없기 때문이다. 인간이 언젠가 모든 것을 뒤에 둔 채 떠나야 하고 동료들과의 교우 관계와도 작별해야 한다는 것을 깨닫는다면 그는 육체를 망각하고 그 후부터는 개인적 활동에 있어서는 전적으로 의로운 봉사에 전념하고 그 밖의 일에 있어서는 자연에 순응한다. 또한 남들이 자신에게 무어라고 하는가, 어떻게 생각하는가, 무엇을 음모하는가 하는 따위에 신경을 소모하지 않는다. 오로지 두 가지로서 그는 만족한다. 즉 공정으로서 매일매일의 생활을 영위하고 운명이 할당한 몫에 만족하는 행위

가 그것이다. 모든 근심이나 잡념을 제쳐놓는다. 그의 유일한 야망은 법칙이라는 곧은 길을 걸어가는 것이며 그렇게 함으로써 신의 추종자가 되는 것이다.

12   의무의 길이 당신의 눈앞에 있거늘 짐작이 무슨 필요가 있는가? 길이 환히 보이면 선의를 가지고 전진할 것이며 돌아보지 말라. 길이 보이지 않거든 기다리며 얻을 수 있는 최선의 충고를 구하라. 더 큰 장애물이 생겨나면 사태를 냉정히 고찰하고 정의가 지적해주는 길을 따라라. 정의의 실현이 성공의 정상이다. 왜냐하면 실패가 가장 자주 일어나는 것은 바로 여기이기 때문이다.

13   자고 일어나서는 타인의 공평과 정의로운 행동이 나의 것과 다를 수 있을까를 자문하라. 도저히 그럴 수는 없다. 오만하게 남을 칭찬하고 선뜻 비난하는 자들은 침실에서나 식탁에서와 같은 사생활에 있어서도 똑같은 태도를 취하는 자들이라는 것을 기억하라. 그들이 자행하는 일들을 상기하라. 그들이 회피하고 추구하는 것들과 그들이 저지르는 절도 행위와 탈취 행위를 상기하라. 그들은 손이나 발로 훔치고 탈취하는 것이 아니라, 원하기만 하면 신뢰, 겸손, 진리, 법칙, 착한 심령과 같은 것의 원천이 되는 소중한 지성을 동원하여 훔치고 빼앗는다.

14   만물이 그리로부터 와서 그리로 돌아가는 자연에게 겸

손하고 교양이 있는 사람은 부르짖는다. "당신의 뜻대로 주시고 당신의 뜻대로 회수하소서"라고. 그러나 그는 오만한 태도로 말하는 것이 아니라 순수한 순종과 선의로 말한다.

15   당신의 여생도 이제 얼마 남지 않았다. 마치 당신이 산꼭대기 위에서 사는 것처럼 생활하라. 인간은 어느 장소에서든 세계를 도시로 생각하고 자신을 그곳의 시민으로 여긴다면 이 장소에 떨어지든 저 장소에 떨어지든 아무 상관없다. 자연의 섭리에 따라 살므로써 인간들로 하여금 참된 인간이 어떠한 것인지 보고 알 수 있는 기회를 주라. 그들이 진정한 인간의 모습을 증오한다면 그를 죽이도록 내버려두라. 그들처럼 사느니 죽는 편이 더 바람직하기 때문이다.

16   착한 인간은 어떠어떠해야 한다고 논쟁하는 일에 더 이상 시간을 낭비하지 말라. 착한 인간이 되어야 할 때이기 때문이다.

17   시간의 전체, 실체의 전부를 끊임없이 관조하라. 그리하여 각 개체는 그것에 비하면 한 톨의 모래에 불과하며 그 시간에 비교하면 나사를 한 번 비트는 것에 불과하다는 것을 깨달아라.

18   존재하는 모든 것을 보고, 이미 분해되고 변질되고 있

으며 이미 부패되거나 흩어지거나 다른 자연의 운명이 기대하는 형태로 변모되는 과정에 있다는 것을 관찰하여, 모든 물체의 본질을 깨달아라.

19   먹고 자고 자식을 낳고 배설하고 그 밖의 것을 하는 인간이 어떠한 존재이겠는가! 그런 주제에 그들은 얼마나 오만하게 뽐내는가! 얼마나 거만하고 전제적인가! 얼마나 어리석게 남들을 비난하는가! 얼마 전만 해도 그들은 얼마나 많은 사람에게 굴종했었던가! 모두가 저러기 위해서였다니! 잠시 후 저들은 다시 그런 짓을 할 것이다.

20   자연이 가져오는 것은 모든 인간과 사물에 유익한 것이다. 더욱이 자연이 그것을 가져오는 순간 유익한 것이다.

21   "대지는 위로부터 내리는 소나기를 사랑하고 성스러운 하늘 역시 그것을 사랑한다."
　다시 말해서 우주는 앞으로 일어날 것을 만드는 작업을 좋아한다. 따라서 내가 우주에게 돌려줄 응답은 "당신이 좋아하는 것은 나도 좋아합니다"이다. "이러저러한 일들도 일어나는 현상을 좋아한다"라는 일반적인 이야기에 내포된 생각도 이와 같은 생각이 아닐까?

22   지금쯤 그 관습에 익숙한 이곳에 살든 당신이 다른 곳

으로 떠나든 그것은 당신의 자유다. 또는 당신의 봉사가 끝난 것을 의미하는 죽음에 직면하고 있든 모든 것은 자유다. 이 밖에 다른 선택은 있을 수 없다. 그러니까 웃는 낯으로 임하라.

23 당신이 여기에 살든 저기에 살든, 그 밖에 다른 곳에 살든 이 푸른 들판의 평화는 항상 당신의 것임을 명심하라. 여기에 있는 것들은 산 위에 있는 것이나 바닷가에 있는 것이나 그 밖에 당신이 원하는 어떤 곳에 있는 것과 다를 바 없다는 것을 명심하라. 이 도시에 살아도 "산속의 목장에서 양떼의 젖을 짜며 사는 것처럼" 사노라 하고 말하던 플라톤도 같은 생각을 하고 있었다는 것을 당신은 알게 될 것이다.

24 나의 지배적 이성은 나에게 무슨 의미를 갖는가? 지금 나는 그것을 이용하여 무엇을 만들고 있는 것일까? 그것을 어떻게 사용하고 있을까? 그것은 지각을 결여하고 있을까? 사회생활의 유대로부터 동떨어지고 격리되고 있는 것이 아닐까? 그것은 육체와 융합되고 동화되어 육체의 욕구만을 반영하고 있지 않을까?

25 주인 몰래 도망하는 하인은 도망자이다. 우리에겐 법이 주인이다. 따라서 법을 어기는 모든 인간은 도망자임에 틀림없다. 그러나 슬퍼하거나 화를 내거나 두려워하는 자는 만물을 지배하는 자가 지정해준 일, 즉 과거나 현재나 미래에 지정해준

일에 반발을 느끼는 자들이다. 그런데 만물을 지배하는 것은 법칙이며 그 법칙은 각자에게 알맞은 일을 할당한다. 따라서 두려움이나 분노나 슬픔에 굴복하는 것은 도망자가 되는 것이다.

26 남자는 모태(母胎)에 씨를 뿌리고 떠난다. 그 다음으로는 다른 원동력이 그것을 떠맡아 일에 착수하여 아기를 완전한 것으로 키운다. 이 얼마나 절묘한 변형인가! 그 갓난애가 목으로 음식을 떨어뜨리면 다음에는 다른 원동력이 일을 맡아서 지각과 운동으로 그것을 변형시킨다. 간단히 말해서 생명과 힘, 그 밖의 것으로 변형시킨다. 이렇게 신비하게 이루어지는 과정을 살펴라. 그리하여 사물을 지구로 또는 하늘로 끌어가는 힘을 우리가 식별하듯 그곳에서 작용하는 힘을 식별하라. 육안으로 볼 수 없다 해도 명확히 인식하라.

27 오늘의 모든 생활은 과거의 반복이라는 것을 생각하라. 이것은 앞으로 무엇이 올 것인가를 미리 알리는 것이라는 것도 잊지 말라. 또한 당신의 경험을 통해, 또는 과거의 역사를 통해 무엇을 배웠든, 동일한 형태로 반복되는 연극과 무대 전체를 회고해보라. 예컨대 하드리아누스의 궁전의 전모, 안토니누스의 궁전, 필립포스의 궁전, 알렉산더의 궁전, 크로이소스의 궁전 등을 생각해보라. 연극은 항상 동일하다. 바뀌는 것은 배우들일 뿐이다.

28   어떤 일에 대해 슬픔이나 분노를 표시하는 인간을 보면 재단용 칼 밑에서 땅을 차며 비명을 지르는 돼지를 생각하라. 침대에 외로이 누워 인간의 노예 신세를 말없이 한탄하는 사람도 그보다 나을 것이 없다. 이성적인 동물만이 세상의 환경에 자진하여 순응하는 능력을 부여받았다. 순종 자체가 모든 피조물에게 부과된 필연이다.

29   무슨 일을 하든 모든 단계에서 손을 멈추고 "나로 하여금 죽음을 두려워하게 하는 것은 이런 일을 탈취당할지도 모른다는 생각이 아닐까?" 하고 자문하라.

30   남의 잘못 때문에 화가 나거든 곧 자신을 돌이켜보고 자신 속에서도 그와 유사한 어떤 잘못이 있는가를 살펴라. 당신도 부와 쾌락과 명성과 그 밖에 그와 유사한 것을 소중히 여기고 있지 않은가? 그 사람도 강압에 의해 행동하고 있을 뿐이라는 생각이 들면 당신의 분노는 곧 사라질 것이다. 그 밖에 무슨 다른 일을 할 수 있는가? 이번에는 가능하면 이 압력으로부터 그 사람을 해방시키려고 노력하라.

31   사튜론을 보았을 때는 죽은 소크라테스를 생각하거나 에우티케스나 휴멘을 생각하라. 에우프라테스를 보면 에우튜키온이나 실바누스를 생각하라. 알키프론을 보면 트로파이오포로수를 생각하고 크세노폰을 보면 크리튼이나 세베루스를 생각하

라. 또한 자신을 바라볼 때에는 당신보다 이전에 있던 황제들을 생각하라. 이처럼 누구를 보든 그와 대응이 되는 사람을 생각하라. 그리고 나서 "그들은 모두 지금 어디에 있는가?" 하는 생각을 계속하라. 그들은 어디에도 없는 것이다. 그렇게 되면 인간만사를 연기처럼 유한하고 무라고 생각하는 습성이 들 것이다. 일단 변화한 것은 영원히 다시 존재하지 못하리라는 것도 아울러 생각하게 될 것이다. 그렇다면 당신의 짧은 생애를 점잖게 사는 데 만족하지 않고, 왜 투쟁과 긴장된 생활을 계속하는가? 어떤 소재와 선으로의 가능성을 당신이 배격하고 있는가를 생각하라. 적절한 철학적 관점에서 생의 진리를 보는 법을 터득한다면 결국 모든 일은 당신의 이성을 훈련하는 소재에 불과한 것이기 때문이다. 튼튼한 위장이 모든 음식을 소화하는 것처럼, 맹렬히 타오르는 불길이 그 속으로 던져진 모든 것을 뜨거운 열과 불꽃으로 만드는 것처럼, 모든 소재에 익숙하고 그것이 자연스러운 것이 될 때까지 인내하라.

32 당신은 성실성도 없고 착하지도 않다고 남들이 떳떳이 말하는 경우가 없도록 하라. 그런 생각을 갖는 자들로 하여금 전혀 근거가 없는 사실이라는 생각이 들게 하라. 모두가 당신에게 달린 일이다. 왜냐하면 당신이 성실하고 착하게 하는 것을 방해할 사람이 누구이겠는가? 성실하고 착하게 살 수 없다면 더 이상 살지 않기로 결심하는 것만이 필요하다. 그러한 경우에는 심지어 이성도 당신의 생존의 지속을 필요로 하지 않을 것이다.

33   당신이 마음대로 할 수 있는 소재를 가지고 말할 수 있고 행할 수 있는 것 중에서 가장 훌륭한 것이 무엇일까? 그것이 무엇이든 당신에게는 그것을 말하고 행할 능력이 있다. 따라서 당신이 자유로운 몸이 아닌 것처럼 가장해도 소용이 없다. 당신에게 맡겨지고 눈앞에 닥친 일을 인간의 본질에 따라 처리하는 것은 마치 쾌락을 추구하는 자가 사치를 탐내는 것처럼 당연한 일이라고 생각하게 될 때까지는 당신의 비탄은 그치지 않을 것이다. 인간이 자신의 본성에 따라 할 수 있는 유일한 일은 진정한 향락뿐이라고 생각하지 않을 수 없기 때문이다. 우리의 고유한 본능의 발휘는 쾌락의 형태를 지녀야 한다는 것도 사실이다. 따라서 이러한 기회는 도처에 존재한다. 회전하는 바퀴라고 해서 마음대로 움직일 특권이 항상 있는 것은 아니다. 물이나 불, 그 밖에 자체의 본성이나 이성이 없는 영혼의 지배를 받는 여하한 것이든 모두 마찬가지다. 항상 그것들을 방해하려고 끼어드는 많은 요소가 있기 때문이다. 그러나 이성과 정신은 모든 장애물을 본성에 따라 원하는 대로 돌파할 수 있다. 불은 위로 치솟고 돌은 밑으로 낙하하며 바퀴는 경사면을 굴러내리듯, 이성은 만사를 처리하는 능력을 갖고 모든 장애물을 쉽게 뛰어넘는다는 것을 명심하라. 거기에서 만족하고 더 이상의 것을 바라지 말라. 다른 장애물들은 모두 생명이 없는 시체에 불과한 육체에 영향을 미치는 것에 지나지 않고, 억측으로 말미암아 이성 자체가 굴복하지 않는 한 이성을 파괴하거나 이성에 해를 입히지 못한다. 만일 이러한 장애물이 당신의 이성에 해를 입힌다면 당신

의 주체에 끼치는 영향은 해로울 것이다. 인간 이외의 피조물에게 있어서는 해를 입게 되면 그 영향으로 인해 못 쓰게 되지만 같은 경우라도 인간은 이러한 역경을 적절히 이용하여 보다 나아지고 보다 칭송을 받을 만한 존재가 된다고 우리는 말할 수 있다. 간단히 말해서 여하한 것도 국가 자체에 해를 입히는 것이 아니라면 진정한 시민에게 해를 끼칠 수 없다는 것을 명심하라. 법에 손상을 입히지 못하는 여하한 것도 국가에 해를 미칠 수 없다는 것을 명심하라. 소위 재난이라는 것은 법에 해를 입히지 못한다. 따라서 법에 해를 미치지 못하는 것은 국가나 시민에게 해를 입힐 수 없다.

34   진정한 원리에 투철한 자는 가장 간결한 교훈을 듣고도 슬퍼하거나 두려워하는 것이 얼마나 무익한 것인가를 충분히 깨닫는다. 예를 들어 "인간의 자식들도 바람에 날려 바닥에 떨어지는 나뭇잎에 불과한 것."

나뭇잎, 이들도 당신의 사랑하는 자녀들이다. 나뭇잎, 수많은 나뭇잎, 이들은 칭찬을 외치고 저주를 던지고 몰래 비난하고 비웃는 자들. 나뭇잎, 이들의 손에 너의 명성이 좌우되는 것. 이들은 모두 "봄이 오면 꽃을 피우고" 잠시 후 강풍이 그 꽃잎을 날려버리면 순식간에 숲은 그 자리에 새로운 신록을 돋아나게 한다. 잠시 머물다 가버리는 것은 만물의 공통된 운명이다. 그런데도 당신은 영원히 살 수 있는 것처럼 어떤 일은 추구하고 어떤 일은 회피하려 하는구나. 잠시 후 당신은 눈을 감게 되리

라. 그리하여 당신을 무덤으로 메고 갔던 사람들도 곧 무덤에 묻혀 남의 눈물을 흘리게 하리라.

35   건강한 눈은 보이는 것이면 모두 보아야 하며 푸른 것만을 보겠다고 투정을 부려서는 안 된다. 왜냐하면 푸른 것만을 보고 싶어함은 눈이 병들었다는 징후이기 때문이다. 또한 건강한 청각, 건강한 후각은 들리는 것과 냄새나는 것이면 모두 받아들여야 한다. 또한 건강한 위장은 물레방아가 찧을 수 있는 것이면 무엇이든 찧는 것처럼 모든 음식을 소화해야 한다. 따라서 건강한 이성은 이 세상에 일어나는 모든 일을 받아들이지 않으면 안 된다. 그러나 "내 아이만은 구해주십시오"라든지 "내가 하는 모든 일에 세상 사람들이 칭찬을 보내게 해주십시오" 하고 외치는 사람은 눈이 푸른 것을 탐내고 이〔齒〕가 부드러운 음식만 탐내는 것과 다를 바 없다.

36   임종의 자리에서 그의 죽음의 도래를 기뻐하는 사람이 없는 사람만큼 운이 좋은 사람은 없다. 그가 덕망이 높고 현명한 사람이었다고 가정하자. 그럼에도 불구하고 "우리의 주인님이 없어져서 마침내 우리는 다시 자유롭게 숨쉴 수가 있게 되었구나! 그분은 누구에게나 모질게 대하지는 않았다. 그러나 그분은 말없이 우리를 멸시하고 계셨던 것을 나는 알고 있어" 하고 끝내 중얼거리는 사람이 없을까? 그래도 이것은 덕망이 높은 사람의 경우이다. 우리들의 경우는 어떠한가? 많은 친구들이

우리로부터 벗어난 것을 기뻐할 이유가 얼마나 많겠는가? 따라서 "내가 그들을 위해 땀을 흘리고 기도하고 배려했던 친구들조차도 내가 죽기를 원하고 나의 죽음에서 안도감을 얻기를 희망하는 이런 세상에서 나는 이제 떠나게 되었구나. 어째서 인간은 보다 오래 세상에 머물러 있으려 하는가?" 하고 임종을 앞에 두고 생각하라. 그렇게 생각하면 당신은 보다 편안한 마음으로 세상을 하직할 수 있을 것이다. 그렇다고 해서 친구들에게 매정한 태도를 보이며 떠나서는 안 된다. 이전과 같이 우정과 선의와 자비를 계속 유지하라. 그들과의 작별을 고통으로 받아들이지 말라. 당신의 작별은 영혼이 쉽사리 육체로부터 이탈하는 고통 없는 죽음이 되도록 하라. 자연은 당신을 이전에 이들과 맺어 주고 사귀게 했다. 이제 그 자연은 그 유대를 끊으려 한다. 나는 가까운 사람들로부터 격리되고 있다. 그러나 저항하면서 강제로 끌려가는 것이 아니다. 죽음은 단순히 자연의 또 한 가지 섭리에 불과한 것이다.

37   누구의 행동이든 어떤 행동을 보았을 때는 "이런 짓을 하는 그의 목적이 무엇인가?"를 자문해보는 습성을 길러라. 그러나 당신 자신의 경우부터 시작하라. 무엇보다도 이 질문을 당신 자신에게 던져라.

38   우리를 얽어맨 줄을 조작하는 것은 우리의 마음속 깊이 숨겨진 은밀한 힘이라는 것을 명심하라. 그것은 설득하는 목소

리이며 생명 자체이며 바로 인간 자체라고도 말할 수 있다. 당신의 상상 속에서 그것과 그것을 에워싸고 있는 육신이라는 그릇, 다시 말해서 그것에 부착된 기관과 동일시하지 말라. 이러한 기관은 육체에 붙어 있다는 점을 제외하면 목수의 도끼에 불과한 것이다. 이러한 기구들을 움직이는 원동력이 없다면 이러한 부분들은 방직공의 북이나 작가의 펜이나 마부의 채찍처럼 아무 역할도 못할 것이다.

11

1   이성이 있는 영혼의 특질은 다음과 같다. 그 영혼은 자신에 대해 명상하며 자체를 분석하고 자체를 원하는 것으로 변형시키고 자신이 이룩한 결실을 스스로 거두며(사실 식물의 열매나 동물에 있어서 이런 열매와 대등한 것은 다른 사람이 거두지만), 인생의 종말이 언제 닥치든 자신의 목적을 완전히 달성한다. 무용이나 연극은 갑자기 동작을 중지하면 공연 전체가 불완전한 것으로 되는 것과는 달리 이성적 영혼은 어느 단계에서 중단되더라도 모든 부분이 자기에게 맡겨진 역할을 완전히 수행하며 "나는 내 목적을 달성했노라" 하고 말할 수 있다. 더욱이 이성적 영혼은 마음대로 우주 전체를 내왕하며 그 구조와 그것을 둘러싼 공간을 고찰하고 더 나아가서 무한시간 속으로 뻗어나가 만물의 위대한 주기적 재생을 탐구하고 파악한다. 그렇게 함으로써 후대의 인간들도 목격할 새로운 것이 없고 선조들도 오늘날의 우리보다 더 많은 것을 본 것이 아니라는 사실을 깨달으며, 인간이 마흔이 되어 조금이나마 이해력을 지니면 과거에 존재했고 미래에 존재할 모든 것을 그 유사성의 덕분으로

해서 사실상 본 것이나 마찬가지라는 것을 이해한다. 끝으로 이 이성적인 영혼의 특질은 이웃에 대한 사랑과 진리와 겸손을 의미하며 무엇보다도 자기 자신에 대한 존중을 의미한다. 이 마지막 특성은 법의 특성의 하나이기 때문에 합리적 원리는 정의의 원리와 동일하다는 결과가 따른다.

2   만일 당신이 어떤 곡조를 몇 개의 악부로 분해해놓고 이번에는 "이 소리는 나로서 도저히 배격할 수 없는 것일까?" 하고 자문하면, 당신은 노래나 춤이나 검투사들의 경기가 갖는 매력에 대해 곧 무관심할 수 있을 것이다. 매혹적이라고 인정하는 일이 부끄럽게 될 것이기 때문이다. 무희들의 동작이나 태도에 대해서도 같은 태도를 적용하라. 또한 검투사의 경우도 마찬가지다. 간단히 말해서 덕과 덕에 의한 행동의 경우를 제외하고는 모든 일에 있어 개별적인 부분으로 곧장 파고들어 이것들을 해체하면 그것들에 대한 맹목적 탐닉에서 벗어날 수 있을 것이라는 것을 명심하라. 이제 이 방법을 인생 전체에 적용하라.

3   어느 순간이건 육신에서 분리되어 소멸하거나 흩어지거나 영생하게 되더라도 이에 대한 각오를 갖춘 영혼은 행복하다. 그러나 이러한 각오는 인간 자신의 결심에서 나오는 소산이다. 기독교도처럼 단순한 순종으로부터 나오는 결심이 아니라 신중하고 품위 있는 판단에 의해 형성되는 것이며, 다른 사람에게 설득력이 있으려면 영웅적인 오만의 부재에서 형성되는 것

이다.

4 내가 비이기적인 일을 했단 말인가? 그렇다면 나는 이미 보답을 받은 것이다. 항시 이러한 생각을 멈추지 말고 선행을 계속하라.

5 당신의 직무는 무엇인가? 선행이라고? 우주의 본질과 인간의 고유한 구조에 대한 철학적 통찰력이 없다면 어떻게 선행을 성공적으로 행할 수 있는가?

6 초기의 연극은 비극의 형식을 가지고 있어 인생의 흥망성쇠를 보여줌으로써 왜 그러한 일들이 일어나는가를 우리에게 상기시켰고, 그런 것이 무대에서 일어나면 우리에게 즐거움을 선가하기 때문에, 현실이라는 보다 큰 무대에서 일어나도 그것에 의해 슬퍼할 필요가 없다는 것을 상기시켰다. 이런 사건은 반드시 그러한 결말을 맺기 마련이고, "오, 키타이론이여!" 하고 울부짖으며 괴로워하는 사람조차도 이러한 사건들을 참고 견딜 수 있다는 것을 우리는 보았다. 또한 비극작가들은 여기저기에서 좋은 말을 많이 남겨놓았다. 예컨대
 "하늘이 나와 내 두 아들을 돌보지 않으신다면
 거기에는 반드시 어떤 이유가 있다."
 또는
 "세상에서 일어나는 일에 대해서는 괴로워하지 말라."

또는

"옥수수처럼 인간의 삶을 거둬들여라."

이런 것 말고도 많은 글이 있다.

비극 다음으로는 초창기의 희극이 있었는데, 희극은 오만하게도 언론의 자유를 멋대로 행사했고 매우 솔직한 표현 때문에 오만이 무엇인가를 일깨워주는 데 안성맞춤이었다. 이러한 솔직성은 같은 목적으로 디오게네스도 채택했던 수법이었다. 다음으로 중기의 희극이 목표했던 바를 살펴보자. 다음으로 새로운 희극이 목표했던 바를 살펴보자. 새로운 희극은 사실 단순한 모방적 기교로 타락하고 말았다. 그러나 이러한 작가들도 우리가 아다시피 몇 마디 훌륭한 말을 남긴 것은 확실하다. 그러나 이러한 창작, 이러한 극작법의 전체적 설계는 어떠한 결과가 되었던가?

7   현재 당신이 처해 있는 환경보다 철학을 연마하기에 더 좋은 환경이 없다는 것은 명백하지 않은가!

8   옆 가지로부터 떼어낸 가지는 필연코 나무 전체로부터 격리된다. 그와 마찬가지로 어떤 동료들로부터 격리된 사람은 사회 전체로부터 이탈된 것이다. 그러나 나뭇가지는 나뭇가지 아닌 어떤 다른 것의 손으로 베어낸 것이지만 인간은 자신의 증오나 혐오감으로 인해 자신의 이웃으로부터의 소외를 자초한 것이다. 그래서 자신이 사회라는 전체구조로부터 이탈된 것을

깨닫지 못한다.

그럼에도 불구하고 사회의 유대를 구성한 제우스 신의 은총으로 우리는 다시 사회로 돌아가서 우리의 이웃과 하나가 되어 다시 한번 전체의 통합을 위해 우리의 역할을 할 수 있다. 그러나 그러한 격리가 자주 일어나면 이탈자가 다시 복귀해서 이전의 상태를 회복하기란 어렵다. 처음부터 나무와 함께 자라고 나무와 함께 동일한 생활을 해온 나뭇가지와 일단 베어낸 다음에 다시 접목시킨 나뭇가지는 같은 수 없다. 정원사의 말을 빌자면 나무의 경우 접목시킨 나무와 원래의 나뭇가지는 같은 나무이긴 하지만 같은 마음은 아니다.

9 당신이 이성의 길을 추구할 때 인간들이 당신을 방해할 수는 있겠지만, 그렇다고 당신을 건전한 행위로부터 빗나가게 하지는 못한다. 그러나 그들에 대한 당신의 관대한 감정을 잃지 않도록 유의해야 한다. 당신은 두 가지 입장을 동시에 수호해야 한다. 다시 말해서 확고한 결단과 행동이라는 입장과, 당신을 방해하고 괴롭히려는 자들에 대한 온화한 태도를 잃지 않도록 하라. 그들에게 분노를 터뜨리는 것은 결심한 행동을 포기하고 물러서는 것과 같이 당신의 허약함을 드러내는 일일 것이다. 그 어느 경우이든 의무의 위치를 포기한 것이다. 전자의 경우는 용기의 결여로 말미암은 허약성이고 후자의 경우는 당신의 형제나 친구들로부터의 이탈로 말미암은 허약성이다.

10　자연의 기술은 인간의 기술을 항상 능가한다. 인간의 기술은 자연을 모방한 것에 불과하기 때문이다. 보다 완전하고 모든 것을 포괄하는 자연은 기술자의 기교에 있어서 반드시 뛰어나지 않을 수 없다. 더욱이 여러 가지 기술이 열등한 작품을 만들어내는 것은 보다 우월한 작품을 만들어내기 위해서일 뿐이다. 이것은 자연의 경우도 마찬가지다. 그러니까 여기에 정의의 원천이 있다. 따라서 모든 다른 미덕은 이 정의에 바탕을 둔다. 그러니까 우리가 열등한 가치에 정신을 쏟고, 경신(輕信)하고 고집을 부리고 일관성을 잃는 행위에 만족한다면 참된 정의(正義)를 달성할 수 없다.

11　당신이 추구하기를 갈구하거나 피하고 싶은 대상들은 스스로 당신에게 다가오는 것이 아니라 오히려 당신이 그것들에게 다가가는 형편일 것이다. 그러니까 그것들에 대한 당신의 판단을 삼가라. 그러면 그들도 조용히 머물러 있을 것이다. 그렇게 되면 당신의 추구하고 회피하는 태도도 남의 눈에 띄지 않을 것이다.

12　영혼이 대상을 추구하느라 진력하지 않고 자체 속으로 움츠리지도 않고 흩어지거나 가라앉지 않고 영혼에게 참된 원색의 세계와 자신의 모습을 보여주는 빛을 받을 때, 그 영혼은 완벽한 원형(圓形)에 도달한다.

13   어떤 사람이 나를 경멸하려 하는가? 그것은 내가 관여할 일이 아니다. 나는 경멸당할 행동이나 말을 하지 않도록 조심하면 그만이다. 어떤 사람이 나를 미워한다면 그것도 내가 상관할 일이 아니다. 나는 모든 사람을 온화하고 자애로운 태도로 대하고 그들의 잘못을 일깨워주면 된다. 그러나 비난하거나 나의 참을성을 뽐내는 태도로 나타내지 말고 옛날의 포키온처럼 솔직하고 관대하게 잘못을 일깨워주어야 한다. 이것은 포키온이 위선자가 아니었다는 것을 전제로 하는 말이다. 이것은 인간이 자신의 내부에 지녀야 할 올바른 정신이다. 인간은 원한을 품은 태도나 괴로움을 당할 때 앙심을 품는 태도를 신 앞에 보여서는 안 된다. 당신이 당신 자신의 본성에 알맞은 행동을 하고 있다면, 또한 당신이 공공의 이익을 위해서라면 어떤 방법을 동원해서건 성취해야 할 일을 하기 위해 현재의 위치에 배치된 인간으로서 이 순간에도 우주의 본성에 따라 일어나는 일을 만족해서 받아들인다면 여하한 것도 당신에게 해를 입히지 못할 것이다.

14   인간들은 서로 비웃으면서 서로 아첨한다. 인간들은 서로를 능가하려 애쓴다. 그러면서 상대방 앞에서 굽실거리며 움츠린다.

15   "나는 당신에게 공정하기로 결심했다"고 어떤 사람이 말할 때 그 말은 얼마나 공허하고 불성실하게 들리는가! 인간들

아, 이 모든 것이 무슨 짓거리인가? 그런 것이 무슨 서두가 필요한가? 저절로 밝혀질 일이 아닌가! 이런 것은 당신의 이마에 씌어져야 하고 당신의 음성이 발하는 어조에 나타나야 하고 당장 당신의 눈에서 빛나야 한다. 애인의 눈초리가 사랑하는 상대방에게 모든 것을 말해주는 것이나 같은 이치이다. 성실성과 착함은 그 자체의 독특한 냄새를 지닌 것이어서 이것에 마주치는 사람은 자신도 모르게 이 향기를 감지하는 법이다. 위장된 솔직성은 숨겨놓은 칼이다. 늑대의 거짓 우정은 무엇보다도 가증스러운 것이어서 무엇보다도 먼저 피해야 한다. 진정으로 착하고 성실하고 의도가 선한 사람은 표정으로 그것을 나타낸다. 따라서 누구의 눈에도 그것은 판별되기 마련이다.

16 자체가 무관심한 사물에 대해 무관심을 표명할 줄 아는 인간은 완벽한 삶을 이룩할 수 있다. 우선 무관심한 사물을 구성하는 요소를 조심스럽게 살피고 다음으로 그 사물 자체를 자세히 살피면 이러한 태도에 도달할 수 있다. 이러한 사물들은 우리의 의견이 그것에 어떻게 작용하든 하등의 책임을 지지 않는다는 것도 명심해야 한다. 그것들은 우리에게 접근하지 않고 정지 상태를 유지한다. 이런 사물에 대한 판단을 형성하는 것은 우리 자신이며, 이를테면 기록하지 않을 수도 있는 것을 부지불식간에 판단하여 마음속에 기록해놓고, 이를 지워버릴 수도 있는 능력이 있건만 그대로 기록에 남겨두고 있는 것은 바로 우리 자신이다. 더욱이 이러한 일에 우리의 주의를 기울일 시간은 많

지 않다는 사실과 우리 인간들은 곧 삶을 하직한다는 것을 잊지 말라. 따라서 일이 당신의 마음에 맞지 않는다 해서 슬퍼할 필요는 없다. 그것들이 자연과 일치되는 한 그것들을 기꺼이 대하라. 일을 번거롭게 만들지 말라. 그것들이 자연에 어긋나면 당신의 본성에 맞는 일을 찾아 그것으로 매진하는 당신의 길을 최대로 이용하라. 자신의 선을 찾는 것은 인간으로서 정당한 일이기 때문이다.

17 만물은 어디서 생기고 무엇으로 구성되었으며 무엇으로 변하고 변한 다음에는 어떤 것이 되는가를 생각하라. 또한 이러한 것은 변한다고 해서 질이 저하되지 않는다는 것을 명심하라.

18 화가 났을 때를 가정하자. 첫째, 나는 사람들과 어떠한 관계와 유대를 맺고 있는가를 생각하라. 또한 우리는 서로 돕도록 태어난 피조물이라는 것을 생각하라. 또한 다른 관점에서 보건대, 양떼는 수놈이 감독하고 소떼는 황소가 감독하듯 나는 그들을 감독해야 한다는 것을 기억하라. 또한 만물이 원자로 구성되지 않았다면 만물을 관할하는 자는 자연임에 틀림없으며 약자는 강자를 위해 존재하고 강자는 서로 돕기 위해 존재한다는 제1원리로 돌아가라.

둘째, 그들이 식탁에 앉아 있거나 잠자리에 들어 있을 때나 그 밖에 그러한 사적인 일을 하고 있을 때 그들은 어떤 인간인가를 생각하라. 특히 그들의 사고방식은 어떠한 강요에 의해 형성되었는가를 생각하고 그들의 행동을 부채질하는 자기 주장은 어떠한 것인가를 생각하라.

셋째, 그들의 행위가 올바른 것이라면 당신은 화낼 권리가 없다. 그러나 올바른 행위가 아니라면 그것은 의도적인 것이 아니거나 무지에서 나온 행위일 것이다. '진리를 자진해서 저버리는 영혼이 없듯이' 마땅히 받아야 할 대우를 고의로 거부하려는 영혼 또한 없기 때문이다. 따라서 불공평하다든가 배은망덕하다든가 야비하다든가, 또는 이웃에게 다른 여러 가지 못된 행위를 자행한다고 비난을 받은 자들이 분개하거든 그 분개를 자세히 검토해보라.

넷째, 당신도 여러 가지 잘못을 저지르는 사람이기 때문에 다른 사람들과 다를 바 없는 것이다. 당신은 잘못을 저지른 일이 없을지 모른다. 그러나 설사 비겁하거나 명성에 대한 존중 또는 그 밖의 이와 비슷한 무지한 동기 때문에 타인들이 저지르는 잘못은 저지르지 않았다손 치더라도 당신에게는 아직 잘못을 저지를 성향은 남아 있는 법이다.

다섯째, 그들이 잘못을 자행하고 있다고 주장할 권리는 당신에게 전혀 없는 것이다. 왜냐하면 인간이 어떤 행동을 하는 동기는 겉으로 보기와는 다르기 때문이다. 타인의 행동에 대해 자신 있는 판결을 내릴 수 있기에 앞서 우리에겐 알아야 할 것이 많다.

여섯째, 분노를 느끼고 도저히 참을 수 없을 때에는 우리의 인생은 순간에 불과하며 오래지 않아 우리는 누구나 땅속에 고이 묻힌다고 자신에게 말해라.

일곱째, 우리를 괴롭히는 것은 사람들의 행동이 아니다. 사실 그들의 행동도 그들의 지배적 원리에 바탕을 둔 것이기 때문이다. 사실 우리를 괴롭히는 것은 우리 자신이 그들에 대해 형성시킨 의견이다. 따라서 이러한 의견을 버리고 그러한 행동이 가증스럽다는 생각을 순순히 철회시켜보아라. 그러면 분노는 즉시 사라질 것이다. 어떻게 그러한 생각을 지울 수 있을까? 다른 사람의 잘못으로 말미암아 당신까지 부끄럽게 되지는 않았다고 생각하면 가능하다. 정신적 치욕이 나쁜 것이 아니라면 당신도 강도질이라든지 별의별 악행을 많이 저지를 것이다.

여덟째, 우리를 화나게 하거나 괴롭히는 행동 자체보다 우리가 느끼는 분노나 괴로움이 우리에게 더욱 해롭다.

아홉째, 친절은 그것이 순수하고 허위나 연기가 아닌 한 당할 자가 없이 강한 것이다. 당신에게 해를 입히려는 사람에게 친절한 태도를 유지하고 기회가 생길 때마다 조용히 타이르고 당신에게 해를 끼치려는 순간 "당신, 그러면 안 됩니다. 우리는 이러기 위해 태어나지 않았습니다. 나는 해를 입지 않을 것이오. 오히려 마음 아픈 쪽은 당신일 거요"라고 말하며 그의 잘못을 침착하게 지적한다면 아무리 철면피한 사람도 속수무책일 것이다. 또한 친절하고 보편적인 말로 사실이 그러하며 꿀벌이나 그 밖의 군서성 짐승들도 그와 같은 행동은 하지 않을 것이라는 점을 정중하게 지적하라. 그러되 빈정되거나 비난하지 말고 아무

원한도 없는 정다운 태도로 타일러라. 학교 훈장의 태도나 동석한 사람들의 칭찬을 의식하는 태도를 취하지 말고 다른 사람이 있더라도 그와 당신이 단 둘이 있는 것처럼 타일러라.

이상의 아홉 가지 원리를 시(詩)의 신 뮤즈가 준 선물로 생각하고 고이 기억에 간직하라. 생명이 당신에게 붙어 있는 동안 인간이 되는 작업을 시작하라. 그러나 타인에게 분개하지 않으려고 노력하는 나머지 아첨으로 기울어져서는 안 된다. 아첨은 분노와 마찬가지로 공공의 복지에 위배되는 것이며 이 두 가지는 모두 화를 초래한다. 화가 치민 순간에도 분노의 표시는 남자답지 못하다는 생각을 잊지 말라. 온화하고 평화로운 태도가 보다 자연스러운 조화이며 동시에 남자다운 태도라는 것을 명심하라. 강인과 용기와 남성다움의 증거는 바로 그러한 것이며 분노와 불협화는 그에 미치지 못한다. 분노는 슬픔과 마찬가지로 연약함의 표시이다. 분노와 슬픔에 사로잡힌 인간은 상처를 받고 패배를 맛본다.

또한 원한다면 뮤즈의 선생이 주는 열 번째 선물을 받아들이는 편이 좋다. 다시 밀해서 나쁜 인간들이 나쁜 짓을 행하지 않으리라고 기대하는 것은 어리석다는 것이다. 그것은 불가능을 기대하는 행위이다. 그러나 나쁜 사람들이 다른 사람에게 저지르는 잘못은 용서하면서 당신에게는 그들이 해를 입히지 않을 것을 기대한다면 그것은 비합리적일 뿐 아니라 폭군적이다.

19   당신이 끊임없이 경계해야 할 현상으로서, 당신의 영혼

의 키잡이가 저지를 수 있는 네 가지 탈선행위가 있다. 이러한 탈선행위를 발견할 때마다 그것을 제거하고 그 하나하나에게 이렇게 말하라. "이것은 필요한 생각이 아니다. 이것은 우애를 해치는 생각이다. 이것은 나의 진실된 자아의 음성이 아니다"라고. 왜냐하면 인간이 자신의 참된 감정을 말하지 않는 것은 무엇보다도 불합리한 일이기 때문이다. 네 번째로 당신이 당신 자신을 꾸짖고 싶을 때에는 "이것은 나의 신성한 요소가 여러 가지 탐욕을 지닌 무지하고 소멸될 수밖에 없는 육신에게 압도되고 굴복되었다는 증거로구나" 하고 말하라.

20   당신의 몸을 구성하는 기체와 불의 분자들의 본원적 성향은 위로 올라가려는 것이다. 그러나 우주의 전체적 배치에 순종하여 이들은 이들이 형성하고 있는 육신 속에 갇혀 있는 것이다. 반면에 당신의 체내에 있는 흙이나 물의 원소는 모두 낙하하는 성질을 가졌음에도 불구하고 가라앉지 않게 받쳐져서 그들의 고유한 위치를 점유하고 있는 것이다. 이처럼 심지어 이러한 원소까지도 우주의 보편적 원리에 순종하고 있는 것이다. 이 원소들은 어떤 위치에 일단 배치되면 보편적 원리가 다시 분해하라는 신호를 보낼 때까지 그 자리를 이탈하지 않는다. 그렇다면 당신의 지성적 부분만이 반항하고 자신의 위치에 불만을 표명한다는 것은 이상하지 않은가. 사실 당신의 이성적 부분에는 여하한 강제도 가해지지 않고 당신의 지성의 본질에 맞는 일만 일어난다. 그런데도 이 부분은 순종하지 않고 반대방향으로 나

가고 있다. 부정, 무절제, 분노, 비통, 공포 등을 향해 치닫는 당신의 거동은 바로 자연으로부터 고의로 이탈하는 행위가 아닌가? 또한 지배적 부분이 이 세상에 일어나는 일에 불만을 느낄 때 그것은 순간적으로 자신의 위치를 떠난다. 원래 지배적 부분은 신을 존중해야 한다. 이러한 성품은 사물의 본성에 대한 총체적 만족에 포섭되는 것이며, 사실상 정의로운 행동보다 더 중요한 것이기 때문이다.

21   한 인간의 삶이 한결같고 동일한 목적을 갖지 않으면 그것은 한결같은 일치성을 유지하지 못한다. 그러나 이러한 목적이 어떤 것이어야 한다는 보충설명이 없이는 이상에 한 말은 충분하지 못하다. 의견의 일치가 존재하는 곳은 일반적으로 선이라고 여겨지는 광범한 사항에 관한 것이 아니라 어떤 일정한 종류의 일, 다시 말해서 사회의 복지에 영향을 미치는 일에 한한다. 따라서 우리가 제시해야 할 목표는 우리의 동료시민과 사회의 이익을 겨냥해야 한다. 모든 노력을 이러한 목표에 기울이는 사람은 자신의 모든 행동에 일관성을 부여하고 그로 인해서 자신과의 일치에 도달할 것이다.

22   시골 쥐가 도시 쥐와 만난 경우를 생각해보라. 그리고 도시 쥐를 어떠한 경계심과 공포 속으로 몰아넣었나를 생각해 보라.

23   소크라테스가 대중의 의견에다 붙인 이름은 아이들을 놀라게 하는 '도깨비'였다.

24   스파르타 인들은 공식행사가 있을 때 외국 손님들을 그늘에 앉히고 자신들은 아무 데나 앉았다.

25   소크라테스는 페르디카스의 초대를 거절했는데, 그 이유는 "나는 가장 치욕적인 죽음은 당하고 싶지 않다"는 것이었다. 그 말에는 은혜를 받고 보답하지 못할 바에는 처음부터 은전을 거절하겠다는 뜻이 포함된 것이었다.

26   에페소스 인들의 경전에는 덕망 있는 삶을 보여준 선인의 귀감을 항상 기억하라는 교훈이 있다.

27   피타고라스 학파들은 아침마다 하늘을 바라보라고 명령한다. 변함 없이 그리고 정확하게 맡은 바 직분을 수행하는 전체의 모습을 상기하고 그 순결성과 질서와 적나라한 단순성을 상기하기 위해서였다. 별을 가리는 베일은 없기 때문이었다.

28   그의 아내인 크산티페가 외투를 가지고 없어졌을 때 소크라테스가 양가죽을 두르고 나타난 모습을 생각해보라. 또한 친구들이 그의 옷차림을 보고 당황하여 뒤로 물러났을 때 그 친구들에게 그가 한 말을 생각해보라.

29   읽고 쓰기에 관한 한, 당신 자신이 그 규칙에 숙달되기 전까지는 그 규칙을 가르칠 수 없다. 이 이치는 인생에 더욱 적절히 적용된다.

30   "당신은 천성이 노예다. 따라서 이성의 활용은 당신의 몫이 못 된다."

31   "그리고 내 마음은 속으로 웃었다."

32   "그들은 미덕을 남발하며 미덕을 저주하리라."

33   "바보는 겨울에 무화과를 찾는다. 아이를 낳지 못할 나이가 되었으면서 아이를 바라는 사람 또한 바보이다."

34   "당신의 자식에게 입을 맞출 때, 이 아이는 내일 죽을지도 모른다 하고 속으로 중얼거려라" 하고 에픽테투스가 말했다. 그러자 "그건 불길한 말이 아닌가" 하고 사람들이 그에게 말했다. "천만에. 다만 자연의 한 행위를 의미했을 뿐이네. 익은 옥수수를 수확한다는 말도 불길한 말이 되겠군" 하고 그가 응답했다.

35   푸른 포도, 무르익은 포도 송이, 건포도—이 모든 단계는 변화다. 무로의 변화가 아니라 이제까지 없었던 것으로의

변화다.

36 "너의 자유의지를 훔쳐갈 사람은 존재하지 않는다" 하고 에픽테투스가 글로 남겼다.

37 우리는 동의를 표명하는 어떤 적절한 방법을 발전시켜야 한다고 그는 말한다. 충동에 관해서 말하건대, 우리는 그것을 항상 수정할 수 있어야 하고 이기적 충동에서 벗어나게 하고 대상이 갖는 가치와 알맞게 일치시켜야 한다. 감각적 욕망은 극도로 억제해야 하며 혐오감은 우리가 관장할 수 있는 대상에 국한시켜야 한다.

38 "여기에서 문제되는 것은 쓸데없는 사소한 것이 아니라 미쳤느냐 건전하냐의 문제이다" 하고 그가 말했다.

39 "너의 의지가 갖기를 원하는 것이 무엇인가? 이성적 인간의 영혼인가 아니면 이성을 상실한 인간의 영혼인가?" 하고 소크라테스는 묻곤 했다. "이성적 인간의 영혼입니다." "그렇다면 건강한 이성적 인간인가 아니면 병든 이성적 인간인가?" "건강한 사람입니다." "그렇다면 너는 왜 그러한 인간의 영혼을 추구하지 않는가?" "이미 그것을 가지고 있기 때문입니다." "그렇다면 너는 어째서 투쟁하고 언쟁을 계속하느냐?"

12

1   스스로 거부하면 몰라도 당신이 이제까지 획득하려고 기원했던 모든 축복은 이제 당신의 것이 될 수 있다. 당신은 모든 과거와는 작별하고 미래는 섭리에 위임한 채 단순히 현재라는 시간을 성스러움과 정의의 길로 접어들게 하려는 노력을 하기만 하면 된다. 자연은 당신을 위해 운명을 생성했고 운명을 위해 당신을 창조했기 때문에 당신에게 할당된 운명을 기꺼이 받아들임으로써 성스러워야 한다. 또한 항상 솔직하고 허심탄회한 진정으로써 말하고, 늘 법칙을 존중하고 모든 사람들의 권리를 존중하는 행동을 하려면 정의감이 있어야 한다. 악의, 오해, 다른 사람에 대한 모험 때문에 당신의 행동이 방해받지 않도록 하라. 또한 이 육신이 감지하는 감각이 당신을 방해하도록 방치하지 말라. 이러한 감각에 의해 침해받은 부분은 침해된 채 내버려두어라. 당신이 떠날 시간이 임박해오고 있다. 그러니까 다른 모든 것을 잊어버리고 당신의 영혼이라는 키잡이와 내면의 신성에 모든 주의를 쏟고, 나아가서 당신의 생명의 종말에 대한 공포를 버리고 자연의 참된 이법에 입각한 삶을 시작하지

도 못했다는 두려움을 갖는다면, 당신은 조국에 대한 이방인이 아니라 당신을 낳아준 우주에 합당한 인간이 될 수 있을 것이다. 조국에 대한 이방인은 매일매일의 일에 예상치 못했던 경악을 당한 것처럼 당황하여 이 사람 저 사람에게 매달리는 신세인 것이다.

2   신은 모든 물질적 외피나 각질이나 찌꺼기를 벗겨낸 다음 인간의 내면의 핵심을 굽어본다. 신은 자신의 생각만을 통해서 행동하며 자신으로부터 흘러나와 인간들에게 흘러들어간 것과 접촉할 뿐이다. 당신도 신처럼 행동하도록 수련한다면 많은 잡념으로부터 벗어날 것이다. 그것도 그럴 것이 이 육체라는 덮개를 무시하는 사람치고 누가 옷이나 집이나 명성이나 그 밖에 인생의 의상이나 경치에 해당하는 외형 때문에 번민하겠는가?

3   당신은 육체와 호흡과 이성이라는 세 가지 부분으로 구성되어 있다. 육체와 호흡은 당신이 그것을 돌봐야 할 책임이 있다는 의미에서 당신에게 속할 뿐이다. 이성만이 진실한 의미에서 당신의 것이다. 따라서 다른 사람들이 행하고 말하는 모든 것, 당신이 과거에 행하고 말한 모든 것, 게다가 장래에 대한 모든 걱정, 육체와 육체의 반려자인 호흡, 즉 당신이 마음대로 관할할 수 없는 호흡에 영향을 미치는 모든 것, 더 나아가서 외부 환경의 소용돌이 속에서 회오리치는 모든 것을 당신의 본원적 자신으로부터 제거시켜, 운명이 할 수 있는 모든 것으로부터 격

리되어 더럽혀지지 않은 당신의 지적능력이 독자적인 생활을 영위하며, 옳은 것은 행하며, 일어나는 일에 순응하며 옳은 것을 말할 수 있다면—다시 말하거니와 당신의 지배적 능력으로부터 모든 잡된 부수물과 미래나 과거에 담긴 모든 것을 제거시키고 엠페도클레스가 말하는 소위 '자체의 원형을 즐기는 완전한 구체'가 되도록 자신을 수련하며, 당신이 현재 영위하는 삶, 다시 말해서 이 순간의 삶에만 관심을 둔다면, 당신은 당신의 임종의 날까지 모든 번뇌로부터 해방된 날을 보낼 수 있을 것이고 당신 안에 있는 신성에게 다정하고 호의를 보이며 살아갈 수 있을 것이다.

4 내가 자주 의아하게 생각하는 것이 있는데, 사람들은 무엇보다도 자신을 소중히 여기면서도 한편으로는 자신의 의견보다는 남의 의견을 중요시하는 것은 어이 된 영문일까 하는 의아심이다. 만일 어느 신이나 현명한 조언자가 나타나 그의 옆에 와 서서 단도직입적으로 널리 발표할 수 없는 생각이나 목표 따위는 마음속에 품지도 말라고 명령한다면 그는 단 하루도 그 상태를 참지 못할 것이다. 이처럼 인간은 자신의 판단보다는 이웃의 판단을 훨씬 더 존중하고 있다.

5 신들은 모든 것을 매우 완벽하고 자비롭게 고안해놓았다. 그렇다면 어떤 착한 인간들, 다시 말해서 신들과 가장 깊이 사귀고 경건한 행동과 종교적 의식을 통해 신들을 가장 잘 섬기

는 인간들이 죽었을 때 그들은 다시 태어나지 못하고 완전히 소멸해버린다는 사실을 신들이 어떻게 간과할 수 있었겠는가? 그러나 이것이 사실이라면 우리가 확신해야 할 일은, 신에게 다른 방도가 있었다면 그 방도를 택했을 것이 틀림없다는 사실이다. 만일 그것이 올바른 것이라면 가능한 일일 것이며, 자연에 따르는 일이라면 자연이 그것을 실현시켰을 것이다. 그러나 올바른 일도 아니며 자연에 따르는 일도 아니기 때문에 그와 같이 되지 않았다면 당신은 가장 선한 사람들도 완전히 소멸해버리는 것이 불가피한 것이라는 확신을 가져라. 당신이 이 문제를 놓고 신들과 담판하고 있기 때문에 하는 말이다. 설사 신들이 가장 올바르지 못하고 가장 탁월하지 않다고 해서 신과 담판해야 되겠는가? 그러나 신들이 가장 탁월하고 올바르다면 왜 그들이 우주의 질서를 세울 때 정의에 어긋나거나 불합리한 일을 허용했겠는가?

6   성공의 가망이 없는 일에서도 연습을 계속하라. 다른 면에서는 연습 부족으로 민첩하지 못한 왼손도 고삐를 잡는 일에서는 연습이 되었기 때문에 오른손보다도 더 확고히 쥔다.

7   죽음이 당신에게 당도했을 때 육체와 영혼에 무슨 일이 일어날까를 깊이 생각해보라. 그리고는 인생이 얼마나 짧고 인생 이전과 이후에 가로놓인 영원이라는 측량할 길 없는 심연을 생각하고 물질적인 것의 연약함을 생각하라.

8   외피를 벗겨버리고 나서 사물의 궁극적인 원인을 직시하라. 행위의 저류에 깔려 있는 의도를 관찰하라. 고통과 쾌락과 죽음과 영광의 본질을 연구하라. 또한 인간의 초조란 모두 자체 속에서 생성된 것임을 관찰하고 고뇌란 타인의 손으로부터 오는 것이 아니라 다른 것들과 마찬가지로 우리 자신의 생각에서 발원한 소산(所産)임을 관찰하라.

9   원칙을 다룰 때에는 검객이 아니라 레슬링 선수에게서 그 모범을 배워라. 검객은 칼을 놓쳤다가도 다시 집어올리면 되지만, 손이 없이는 이미 레슬링 선수가 아니다. 따라서 레슬링 선수는 그 손으로 힘껏 움켜쥐는 일만 남기 때문이다.

10   사물이 무엇으로 구성되었는가를 살펴라. 다시 그것을 재료와 형태와 목적으로 분해하라.

11   신이 용납하는 일만을 하고 신이 정해준 모든 것을 받아들이다니 인간에게 보장된 특권은 얼마나 폭넓은 것이냐!

12   사물의 질서에 대한 비난의 화살을 신에게 돌릴 수 없다. 왜냐하면 신들은 좋아서이건 마지못해서이건 실수를 저지르지 않기 때문이다. 또한 인간의 잘못도 자신의 의지로부터 나온 것이 아니니까 인간을 비난하지 말라. 그러니까 비난할 생각은 애당초에 삼가라.

13	인생에서 일어나는 어떤 일에 놀란다는 것은 얼마나 우스꽝스럽고 어설픈 일인가!

14	우주에는 벗어날 수 없는 운명과 어길 수 없는 법칙, 자비로운 섭리가 있다. 혹은 목적도 없고 규제도 없는 혼돈이 있을 뿐이다. 만일 저항할 수 없는 운명만이 있다면, 왜 우리는 저항하려고 노력하는가? 섭리가 기꺼이 자비를 표시한다면 그 신의 구조를 받을 자격을 구비하기 위해 최선을 다하라. 방향도 없는 혼돈이 있다면, 그러한 폭풍의 바다 속에서도 당신은 내면에서 당신을 조종해주는 이성이 부여되었음을 감사하라. 파도가 당신을 압도하면 당신의 육신과 호흡과 모든 것을 압도하도록 내버려두어라. 그러나 파도는 결코 이성을 난파시키지는 못할 것이다.

15	등불은 꺼질 때까지 환한 광채로 빛나지 않는가? 그런데 당신의 내부에 위치한 진리와 지혜와 정의가 당신의 생명이 소진되기도 전에 꺼질 수 있단 말인가?

16	어떤 사람이 잘못을 저질렀다는 인상이 들거든 "그가 잘못이라는 확증이 무엇인가?" 하고 자문해보라. 나아가서 그가 잘못을 범했다 하더라도 그가 이미 자신의 손톱으로 자신의 몰골에 보이는 상처를 내는 것처럼, 자신을 꾸짖었는지 누가 아는가? 악당이 악행을 하지 말았으면 하고 바라는 것은 무화과

열매 속에 시큼한 즙이 담겨 있지 않았으면 하고 원하는 것이며 갓난아이를 울지 못하게 하고 말이 히힝거리지 못하게 하고 그 밖에 생활의 필연적인 사건이 일어나지 못하게 하는 것이나 마찬가지다. 그의 성품을 가지고 어떻게 달리 행동할 수 있겠는가? 그런 것을 바라는 것은 성급한 일이라는 것을 알았으면 곧 시정하라.

17 옳은 일이 아니면 결코 행해서는 안 된다. 진실이 아니면 말하지 말라. 당신의 충동을 자제하라.

18 항상 사물 전체를 보라. 그 사물이 당신에게 인상을 주는 부분을 찾아내고 그것을 뒤집어 열어보고 원인과 재료와 목적으로 분해하고 그것이 사라지기까지 지속될 시간을 측정하라.

19 당신의 감정을 움직이게 하고 당신을 꼭두각시처럼 마음대로 조종하는 본능이라는 것보다 더 고귀하고 더 신성한 것이 당신의 내부에 있다는 것을 때늦기 전에 깨닫도록 노력하라. 이 순간에 나의 오성을 흐리게 만드는 것이 어느 것일까? 공포일까? 질투나 욕정일까? 아니면 또 다른 무엇일까?

20 첫째, 되는 대로의 행동이나 목적 없는 행동을 피하라.
둘째, 모든 행동으로 하여금 공동의 선을 목표하도록 하라.

21   머지않아 당신 자신은 무형의 표류물이 되고 만다는 것을 기억하라. 머지않아 지금 당신의 눈앞에 있는 모든 것과 생명이 들어 있는 모든 것은 사라지고 말 것이다. 왜냐하면 만물은 태어나서 변화하고 소멸되어 사라져서 그 자리에 다른 것이 들어설 것이기 때문이다.

22   모든 것은 당신이 생각할 나름이다. 그 생각은 바로 당신에게 달려 있다. 원한다면 그 생각을 포기하라. 그러면 곶(岬)을 돌아 나온 것처럼 모든 것은 고요해질 것이다. 고요한 바다와 조류가 없는 안식처가 전개될 것이다.

23   어떠한 종류의 일이든 알맞은 순간에 중지하면, 그 중지 행위로 인해 해가 오지는 않을 것이며 행위자로서도 그 행동의 중지로 인해 해를 입지는 않을 것이다. 우리의 행동의 총화에 불과한 생명 자체도 때가 되어 중지된다면, 그 생명의 중지로 인해 아무 피해를 입지는 않을 것이다. 또한 자신의 행동 전체를 적시에 끝내는 사람 역시 해를 입지 않을 것이다. 그러나 그 적절한 시간과 시기는 자연이 정하는 것이다. 인간 자신의 본성, 예컨대 노련이라는 본성에 의하여 정해지는 때도 있기는 하지만 그렇지 않으면 위대한 우주적 자연에 의하여 여하튼 결정되는 것이다. 우주적 자연이 우주의 각 부분들을 계속 새롭게 함으로써 우주는 영원히 젊고 활기에 넘치는 것이다. 우주 만상에 이바지하는 것은 항상 아름답고 꽃이 핀다. 그러니까 인간의

죽음도 인간에게 해악일 수 없다는 결론이 나온다. 왜냐하면 자신이 통제할 수 없고 모든 사욕을 벗어난 존재가 되는 것(죽음)에는 인간을 격하시키는 요소란 하나도 없다. 오히려 그것은 적시에 일어난 일이며 전체에게 유익하며 조화를 이루는 것이기 때문에 일종의 선이다. 따라서 신의 길을 따르고 신과 같은 목적을 향하여 움직이고 있는 사람은 신의 섭리에 의해 움직이는 사람이다.

24 항상 마음에 간직할 가치가 있는 세 가지 조언이 있다. 첫째는 행동에 관한 것인데, 행동이란 아무렇게나 행해져서는 안 되며 정의가 인정되지 않는 방법으로 행해져서는 안 된다. 모든 외적사건이란 우연이나 섭리의 결과라는 것을 기억하지 않으면 안 된다. 당신은 우연을 비난하거나 섭리를 탓할 수 없으리라. 둘째로, 만물은 무엇인가를 생각하라. 즉 씨가 뿌려져서부터 영혼이 탄생될 때까지, 영혼이 탄생되고부터 그것이 궁극적인 굴복에 이르기까지, 그것이 무엇으로 구성되어 있으며 분해되면 무엇으로 되는지를 모두 생각해보라. 셋째, 당신이 갑자기 구름 위로 떠올라가서 인간 활동이 펼치는 다양한 파노라마를 내려다본다고 상상하라. 그러면 그 펼쳐지는 장면이 당신에게서 크나큰 경멸을 유발시킬 것이다. 왜냐하면 그곳에서는 수많은 영적인 존재와 신성한 존재들이 모여드는 것을 식별할 수 있기 때문이다. 더욱이 당신이 아무리 자주 이처럼 높은 곳에 데려와진다 하더라도 단조롭고 덧없는 같은 장면을 보게 될

것이라고 생각하라. 그런데도 이러한 것들을 가지고 자랑할 만한 것으로 생각하다니!

25 당신이 가진 견해를 버려라. 그러면 당신은 위험에서 벗어날 것이다. 그런데 그러한 의견의 포기를 방해하는 것은 누구일까?

26 당신이 어떤 일에 분개하고 있다면 자연에 순응하지 않고 생기는 것은 하나도 없다는 사실을 잊고 있는 것이다. 어떤 일에 있어서의 그릇된 행위는 당신의 잘못이 아니라는 사실을 잊고 있는 것이며 게다가 이런 그릇된 행위는 이제까지도 있었고 앞으로도 있을 것이며 늘 일어나는 일이라는 사실을 잊고 있는 것이다. 또한 당신은 동료 인간과의 우애가 얼마나 밀접한 것인가를 잊고 있는 것이다. 또한 인류는 보잘것없는 피나 씨앗의 공동체가 아니라 지성의 공동체라는 것을 잊고 있다. 또한 모든 인간 속에 담긴 지성은 신이며, 신으로부터의 유출물이라는 사실을 잊고 있는 것이다. 또한 인간의 고유한 소유물이란 없다는 것을 잊고 있다. 즉 인간의 자손이나 그의 육체와 영혼마저도 모두 같은 신으로부터 왔기 때문이다. 모든 것은 생각하기 나름이라는 것과 현재만이 인간이 살고 있는 전부라는 것을 잊고 있는 것이다.

27 격정을 억제하지 않았던 사람들, 영광, 재난, 적의의 절

정에 달했던 사람들, 그 밖에도 운명의 다른 정상에 올랐던 사람들의 생활을 상기하라. 그리고 나서 "지금 그들은 어디 있는가?"를 생각하라. 증기나 재나 전설이 되고 말았지 않은가! 아니 전설조차도 되지 못했을 것이다. 수많은 예를 생각해보라. 영지에서의 파비우스 카툴리누스며 정원에 있던 루시우스 루푸스며 바이아에의 스테르티니우스며 카프리의 티베리우스며 베리우스 루푸스 등을 상기해보라. 그들의 마음이 각각 자랑 삼던 대상을 생각해보라. 그들의 모든 추구는 얼마나 추악한가! 정의와 절제와 신에 대한 충성을 목표하되 늘 소박하게 목표하는 것이 얼마나 더 철학자로서 합당한 일이냐! 겸손이라는 허울 이면에 움트는 자만심이야말로 가장 참을 수 없는 것이기 때문이다.

28 "어디서 신을 보았는가? 신의 존재를 어떻게 확인하였기에 이처럼 신을 경배하는가?" 하고 묻는 사람들에게, "첫째, 신들은 눈이 환히 보인다. 둘째, 나의 영혼을 나는 본 적이 없다. 그러나 그럼에도 불구하고 나의 영혼을 존중한다. 신도 마찬가지다. 신의 권능을 매일 입증하는 것은 바로 나의 경험이다. 따라서 나는 그들이 존재한다는 것을 만족하게 여기며 신들을 존경한다"라고 나는 대답한다.

29 건전하고 안정된 생활을 얻기 위해서는 사물에 대한 철저한 통찰력을 개발하라. 그리하여 사물의 본질, 재료, 원인 등을 발견하라. 또한 옳은 일을 하는 일에 전념할 것이며 진실된

것을 말하라. 이외에도 선행 위에 선행을 쌓되 벌어진 틈이나 갈라진 곳이 없을 때까지 쌓아올림으로써 생의 기쁨을 깨달아라.

30   햇빛은 벽이나 산이나 그 밖에 많은 대상에 의하여 차단될 때에도 그것은 변함이 없다. 본질적 원소는 여러 가지 특질을 가진 다른 종류의 생명체에 분배되지만 그것은 언제나 변함이 없다. 영혼은 셀 수 없는 많은 다른 비율로 온갖 종류의 본성 속으로 분배되지만 그것은 변함이 없다. 사유라는 부가적 특성을 부여받은 영혼도 외견상 구별되는 것 같이 보이지만 실은 하나다. 모든 유기체의 다른 부분들, 예컨대 호흡은 물질적인 것이며 감각능력이 없다. 그래서 그것들은 상호간에 친화력도 없이 다만 중력이라는 결합을 유도하는 압력에 의하여 결합되어 있을 뿐이다. 그러나 이성은 본질상 자체와 동류에 속하는 것을 향해 자발적으로 끌리며 그것과 섞인다. 그리하여 일체가 되려는 본능은 좌절되지 않는다.

31   왜 당신은 수명의 연장을 원하는가? 감각과 욕망을 체험하기 위해서인가? 아니면 성장의 지속인가? 성장의 중지인가? 당신의 언어능력이나 사고능력을 활용하기 위해서인가? 이러한 것들이 진정 연연할 가치가 있는 것일까? 이러한 것들은 거들떠볼 가치도 없다는 생각이 들거든 만물의 최종목표를 향해 매진하라. 최종목표란 이성과 신을 따르는 것이다. 그러나 이런 목표를 존중하는 행위는, 죽음이 신으로부터 다른 것들을

빼앗아갈까 하는 염려와는 양립되지 않는다는 것을 기억해야 한다.

32 측량할 수 없는 무궁한 시간 중에서 얼마나 작은 부분만이 우리에게 할당된 것일까. 그야말로 촌음이다. 그것은 다시 영원 속으로 사라지는 것이다. 전 세계를 이루는 물질 속에서 당신이 차지하는 부분은 얼마나 작은 것인가! 우주적 영혼 중에서 당신의 몫은 얼마나 보잘것없는가? 지구 전체 중에서 당신이 기어다니는 부분은 얼마나 협소한가? 이러한 여러 가지를 생각하고, 당신의 본성이 지시하는 것이나 우주자연이 당신에게 보낸 것을 감수하는 것 이외에는 아무것도 가치가 없다는 결론을 내려라.

33 나의 영혼의 키잡이는 그가 맡은 일을 어떻게 처리하고 있을까? 즉 모든 것은 그것에 달려 있는 것이다. 그 밖의 모든 것은 나의 능력으로 해낼 수 있는 것이든 없는 것이든 모두 죽은 뼈다귀며 연기에 불과하다.

34 쾌락은 선이고 고통은 악이라고 생각하던 사람들조차도 죽음을 경멸할 줄 알았다는 사실을 생각하는 것보다 죽음에 대한 경멸을 촉진시키는 것은 없다.

35 적시에 일어난 일에서만 유일한 선을 발견할 때, 자신

의 행동이 엄격한 이성에 부합되는 까닭에 행동의 수가 많고 적고에 관심을 갖지 않을 때, 그가 이 세상을 흘끗 보는 시간이 길든 짧든 아무 상관이 없을 때, 죽음 자체는 인간에게 공포의 대상이 될 수 없다.

36 아, 인간들아, 그대는 이 거대한 세계라는 국가의 시민이었다. 5년이었든 1백 년이었든 무슨 상관이 있느냐? 그 도시의 법규가 명령하는 모든 것은 모든 사람에게 다같이 공평하다. 그런데 무엇을 불평하느냐? 당신은 어떤 부당한 판관이나 폭군에 의하여 도시로부터 추방된 것이 아니라 그곳으로 당신을 데려왔던 바로 그 자연에 의하여 밀려나는 것이다. 그것은 마치 자기를 고용했던 지배인에 의하여 하나의 배우가 해고되는 것이나 같은 것이다. "5막 중에서 겨우 3막밖에 연기하지 않았는데……"라고 말하겠느냐? 사실이 그렇다. 그러나 당신의 인생이라는 연극에서는 3막으로 족한 것이다. 그 연극이 완결되는 지점은 전에 당신의 출생을 관장했고 오늘 당신의 분해를 관장하는 자가 결정하는 것이다. 태어나고 죽는 결정은 어느 것도 당신의 소관이 아니다. 그러니 웃는 낯으로 떠나라. 당신을 떠나는 자가 그랬듯이…….

작품 해설

아우렐리우스의 생애

마르쿠스 아우렐리우스 안토니누스는 기원 121년 4월 26일 로마에서 태어났다. 부친의 이름은 안니우스 베루스였다. 그래서 마르쿠스 아우렐리우스도 처음에는 마르쿠스 안니우스 베루스라는 이름으로 통했다. 베루스 가문은 스페인 출신이었지만 1백 년 전부터 로마로 이주하였고 아우렐리우스의 조부는 로마 총독, 집정관, 원로원 의원 등 중직을 두루 거쳤다. 마르쿠스가 여덟 살 되던 해에 부친이 세상을 떠났다. 그 후 그는 조부의 슬하에서 성장했지만 부친의 '오만 없는 남자다움'을 기억하고 감사하게 여겼다(1편의 2). 그의 어머니 역시 명문 출신으로 교양 있고 경건했으며 자비심이 깊은 부인이었다. 마르쿠스는 태어날 때부터 병약했기 때문에 학교에 가는 대신 가정교사로부터 교육을 받았다. 당시의 황제 하드리아누스는 어린 마르쿠스에게 비상한 관심을 쏟았다. 그래서 그의 이름 Verus를 'Verissimus(가장 진실한 사람)'라는 이름으로 바꿔 부르기도 하면서 애정을 표명했고 교육에도 크게 협력했다.

마르쿠스 아우렐리우스는 소년 시절부터 탁월한 자질을 발휘했다. 원래가 성실하고 진지했던 그는 열두 살 때에 벌써 철학자들이 입는 허름한 모포를 몸에 감고 열심히 공부하는 한편 육체의 단련을 위해 엄격히 절제함으로써 병약한 체질을 극복할 수 있었다. 마르쿠스는 처음에 문학, 음악, 무용, 회화 등을 배웠지만 곧 철학에 마음이 끌려 그것에 전념하게 되었다. 당시의 로마 사회에는 스토아 철학이 풍미하고 있었다. 이러한 외적 영향도 있었지만 그 철학은 마르쿠스의 내면적 성향과 일치되는 무엇이 있었기 때문에 그는 이 철학에 몰두하여 사색하는 과정에서 자기 생애의 정신적 지주(支柱)를 스토아 철학에서 발견하기에 이르렀다.

당시의 유수한 인물들이 마르쿠스 아우렐리우스의 교사들이었다. 그 중에는 푸르타크의 조카뻘인 스토아 철학자 섹스터스가 있었다. 또한 경애하는 은사였던 유니우스 루스티쿠스는 마르쿠스에게 처음으로 에픽테투스를 가르친 사람으로서 그가 황제가 되고 난 후에도 고문역으로 남아 있었다. 모든 스승 중에서 가장 친분이 두터웠던 사람은 당대의 저명한 학자이면서 명문장가였던 수사학자 프론토였다. 이 스승의 영향은 그가 황제로 즉위한 후에도 3, 4년 계속되었다. 이 두 사람 사이에 교환된 서한문의 일부가 1815년 처음으로 밀라노에서 발견되었는데, 이 사제지간의 사랑이 얼마나 깊었는가를 알 수 있을 뿐 아니라 마르쿠스 아우렐리우스의 사람됨이라든지 공부를 어떻게 했고 일상생활이 어떠했는지를 보여주는 구체적 사건이 단편적이긴 하지만 생생히 묘사돼 있어 매우 흥미로운 자료다. 이 책의 1편에서 프론토에 대한 언급은 매우 간결하게 그치고 말았지만, 그것은 아우렐리우스가 이 스승의 영향을 벗어나 '미사여구를 배격하는 것'을 터득하여 더욱 본질적인 철학에의 길로 성장했기 때문일 것이다.

마르쿠스 아우렐리우스가 열일곱 살 되던 해 하드리아누스 황제가 별세했고 그의 유언에 따라 안토니누스 피우스가 후계자로 즉위했다. 또한 고인의 유지(遺志)에 따라 마르쿠스와 루키우스 베루스가 안토니누스의 양자로 영입되었다. 그러나 안토니누스는 마르쿠스만을 장차 자신의 후계자임을 공표하고 그에게 카이사르라는 칭호를 내렸다. 아우렐리우스가 양부(養父)를 얼마나 존경하고 그로부터 배운 것이 많았는지는 제1편을 보면 상세히 서술되어 있다. 스물여섯 살이 되자 아우렐리우스는 안토니누스의 딸 파우스티나와 결혼하여 양부를 도와 국정에 참여했다. 아우렐리우스 자신의 말에 의하면 파우스티나는 '마음이 착하고 성실한' 아내였고 많은 자식을 낳았는데, 자식들은 병약하여 요절한 아이가 많았다. 프론토에게 보낸 아우렐리우스의 편지를 보면 그가 부친으로서의 애정을 잃지 않으려고 무진 애쓰는 모습이 여실하다. 《명상록》 속에서도 자식에 대한 집착을 엄중히 경고하는 대목이 여러 곳 있는데 언뜻 보기에 냉정한 진술같이 보이지만 그 이면에는 자식을 하나하나 잃은 부친으로서의 애절한 심경이 담겨 있다는 것을 잊어서는 안 된다.

안토니누스 피우스는 161년에 세상을 떠났다. 원로원에서는 마르쿠스 아우렐리우스 한 사람만을 후계자로 맞아들이려 했지만 마르쿠스 아우렐리우스는 하드리아누스 황제의 뜻을 존중하여 의제(義弟)인 루키우스 베루스를 자신과 같은 지위로 격상시켜 둘이서 황제의 자리에 올랐다. 게다가 의제에 대한 신뢰와 사랑의 표시로서 자기의 장녀 루길라를 왕비로 삼도록 조치했다. 그러나 루키우스는 태만하고 향락적인 인물이었기 때문에 황제가 되고 나서도 자신의 위치를 자각하는 기색을 보이지 않았지만 아우렐리우스에 대해서는 시종 존경과 우정을 표시했고 아우렐리우스 편에서도 그를 관대하게 대했다. 그래서 두 사람은 항상 화평한 관계를 유지했다.

독서와 명상을 무엇보다도 사랑하며 내성적인 마르쿠스 아우렐리우스로서는 황제로서의 책임을 떠맡아 정무와 전쟁에 분망한 생활을 보내는 것이 그다지 고맙지 않았다. 그러나 의무감이 강한 그는 온갖 노력을 경주하여 자기에게 주어진 임무를 수행하면서 동시에 자신의 이상을 현실화하는 데 심혈을 기울였다.

오랫동안 평화를 누려오던 로마제국은 아우렐리우스 시대에 이르러 다사다난한 재난에 부딪쳤다. 즉위 직후 북방의 게르만족이 난을 일으켰고 티베리스 강이 범람하고, 지진 등의 재앙이 겹쳤고 시리아로 침공해온 파르디 인들과의 전쟁도 있었다. 아우렐리우스는 루키우스를 원정군 사령관으로 파견했다. 루키우스는 별로 한 것도 없었지만 그의 군대는 승리하고 166년에 개선했다. 그러나 귀로에서 그들은 페스트에 감염되어 그 병균을 들여왔다. 이 전염병은 라인 강에 이르는 지역까지 만연하여 어디를 가나 사람과 가축의 시체가 널려 있었다. 이런 질병과 기아의 와중에서 게르만 족 일부가 다른 종족들과 더불어 이탈리아의 북부를 침공해오고 있다는 소식을 접한 아우렐리우스는 루키우스와 더불어 원정에 나서서 그곳을 평정하고 알프스 국경을 편력하고 그곳 도로를 수선시킨 후 로마로 돌아왔다. 오는 도중 루키우스는 병을 얻어 169년에 죽었다. 그 후로는 마르쿠스 아우렐리우스 혼자서 로마를 통치했다.

게르만 족과의 전쟁은 소강상태에 머물렀을 뿐 완전히 끝난 것은 아니었다. 마침내 다수의 북쪽 오랑캐들이 이탈리아 반도로 침입하려 했다. 오랜 세월에 걸친 재앙과 전쟁으로 인해 국고가 바닥이 나 있었다. 따라서 다시 군대를 편성하여 적에 대비할 필요에서 아우렐리우스는 자신의 재보를 경매에 붙여 자금을 마련했다. 모든 준비가 끝나자 마르쿠스 아우렐리우스는 솔선하여 군의 선두에 서서 다뉴브 강 유역으로 원정했으며 삼림과 늪이 많아 극히 비위생적인 지대에 진지를 구축하고 긴 세월에 걸친 전생의 나날을 보냈다. 《명상록》 제1편은 이때의 진중수기다. 175년 마침내 적이 항복하고 다시 평화와 질서가 찾아오는가 했더니 아우렐리우스 휘하의 유능한 장교였던 아위데우스 캐시어스라는 자가 그의 임지인 시리아에서 모반을 일으키고 아우렐리우스는 죽었다는 소문을 퍼뜨리며 자신이 황제라고 자칭하고 나섰다. 그는 지금으로 말하면 순수 국수주의적 애국자였던 것이다. 그는 아우렐리우스의 평화적 경향 내지 문화애호적 성향을 놓고 로마제국의 장래를 우려했던 것이다. 아위데우스 캐시어스의 말에 속아서 그의 편이 된 병사들도 있었지만 곧 그의 말이 허위라는 것이 드러나자 분개한 병사들은 그를 살해하기에 이르렀다. 그리하여 별 사고 없이 이 일은 마무리되었다. 이러한 보고에 접한 아우렐리우스는 그 부하를 이야기로 설득시켜 타이르려 했었는데 유감이라고 말했다고 전해진다. 그리하여 그의 유족과 지지자들에게 극히 관대한 조치를 바란다는 서한을 원로원에 보냈다. 그 서한은 현재까지 남아 있다.

모반이 일어났다는 보고에 접한 마르쿠스 아우렐리우스는 동부로 원정하여 시리아로 돌아갔다. 그러나 귀로에서 동반했던 왕비 파우스티나가 돌연 병사했다. 아우렐리우스의 슬픔은 말로 표현할 수 없을 정도였다. 그는 그곳에다 아내의 묘를 세우고 조의를 표시했다. 그 후 그는 홀로 여행을 계속하여 스미르나, 에페소스를 경유하여 아데나이에 가서 에레우시스의 비의(秘儀)를 전수했다. 이것은 당시의 풍습에 따르는 처사였을 뿐 그의 신념과는 하등의 관계도 없는 것이었다. 또한 그 당시의 아데나이에는 오늘날의 대학에 해당하는 제도가 있었고 수사학과 철학 강좌가 있었기 때문에 아우렐리우스는 여기에 장학금을 급여하기도 하고 새로운 네 가지 철학 강좌를 창설했다. 그것은 플라톤 학파, 아리스토텔레스의 소요학파, 스토아 학파, 에피쿠로스 학파 등이었다.

176년 로마로 개선한 마르쿠스 아우렐리우스는 잃어버린 아내를 기리는 의미에서 가난한 여자 5천 명을 국비로 교육하는 시설을 만들기도 하고 황실에 빚을 진 시민들에게 부채를 면해

주는 특전을 베풀었다. 이제 평화의 날이 돌아와 그가 좋아하는 학문에의 몰두가 가능하게 되었구나 하는 생각이 들기가 무섭게 다시 178년, 전 게르만 민족이 단결하여 판노니아로 쳐들어왔다. 마르쿠스 아우렐리우스는 아들 콤모데우스를 데리고 현지로 출정하여 대승리를 거두었지만 180년 실미움, 일설에 의하면 현재의 비엔나에서 전염병에 걸려 급기야 세상을 하직했다. 향년 58세였다. 죽기 직전 몽롱한 의식 속에서 그는 "전쟁이란 이토록 불행한 것일까" 하고 중얼거렸다 한다.

그는 무엇보다 평화를 사랑했고, 전쟁은 인간성의 불명예요 불행이라 여겼고, 필요한 전쟁 이외엔 절대로 전쟁을 해서는 안된다는 철학을 간직하고 있었다. 그러나 일단 전쟁이 발발하여 정당한 방위를 위한 것이면 용감하게 싸웠다. 불행히도 그가 황제로서 통치하던 기간은 전쟁의 연속이어서 편안히 앉아 있을 잠시의 시간도 없었으며 그의 전성기가 전진(戰塵) 속에서 소모되었다. 그가 집권하는 동안 너무나 어질게 국민을 다스렸기 때문에 그는 만인의 경애를 받았다. 그가 죽은 후 1세기에 걸쳐 많은 가정들은 그를 수호신의 하나로 모셨다고 전한다. 기번이라는 역사학자는 안토니누스 피우스와 마르쿠스 아우렐리우스의 통치를 평해서 "이 두 사람은 42년간 로마 제국을 한결같은 예지와 인덕(仁德)으로 다스렸다……. 그들의 시대야말로 온 국민의 행복을 통치의 제일의 목표로 삼은 역사상 유일한 시대일 것이다"[《로마제국 흥망사》]라고 서술했다. 아우렐리우스의 통치에는 그의 독특한 사상적 배경이 깔려 있었다. 다시 말해서 정의,

박애, 사회연대의식 등이 그의 통치를 특징짓고 있었다.

다만 그의 시대에 기독교도의 박해가 성행했다는 것이 이따금 문제시되긴 하지만, 그것은 트라야누스 시대에 제정된 불법적인 결사(結社)를 금하는 법을 답습한 것에 불과한 것이지 아우렐리우스가 자진해서 박해의 선봉에 나선 것은 아니었다. 사실 그 법률을 완화시키려고 노력한 흔적이 있다. 그러나 아우렐리우스의 기독교에 대한 인식은 피상적인 것이었다는 것은 부정할 수 없는 사실이다.

《명상록》의 사상

아우렐리우스는 일찍부터 스토아 철학에 전념했다. 주로 그의 노예였던 에피쿠테토스의 글을 통해 이 철학을 몸에 익힌 것 같다. 일단 이 사상을 받아들인 그는 평생 변함없이 이 사상을 수호했던 것이다. 따라서 《명상록》에 나타난 사상은 한마디로 말해서 스토아 철학이다.

스토아 철학은 기원전 300년경 제논에 의해 창시된 것으로서 그 후 아우렐리우스의 시대까지 4백 년 이상의 전통을 계승해온 철학이다. 따라서 아우렐리우스는 그 철학을 대표하는 최후의 철학자라고 말할 수 있을 것이다. 이 철학은 그리스에서 발상(發祥)되었지만 일단 로마 제국에 수입되자, 로마 인의 남성적이고 실질적 기질과 일치하는 것으로 보여, 로마라는 땅에서 크게 번창하기에 이르렀다. 그리하여 세네카, 에픽테투스, 마르쿠스 아우렐리우스 등을 배출하여 이른바 후기 스토아 학파를 형성했다. 후기 스토아 학파의 특징은 그 사상적 내용에 있어 종교적 색채를 띠고 있다는 점이다. 다시 말해서 '철학은 초기의 인간들처럼 아무 결핍을 느끼지 않으면서 정신의 자유로운 활동을 확보하고 도덕적·감정적 갈망을 충족시키는 방법'이라는 것이었다.

스토아 철학은 세 가지 분야로 나눌 수 있다. 즉 물리학, 논리학, 윤리학으로 구분된다. 논리학은 사념(思念)을 통제하여 객관적 사물(事物)을 있는 그대로 인식하는 것을 가르치는 것이며 모든 사색에 필요한 도구였다. 또한 물리학은 우주와 그 속에 있어서의 우리의 위치를 이해하는 데 필요한 사실을 가르쳤다. 다시 말해서 '자연과 일치하는 생활'이라는 것이 스토아 철학의 기조(基調)였고 여기서 말하는 자연은 우주를 지배하는 이성 내지 이법(理法)을 지칭하는 말이다. 그러나 물리학이나 논리학은 윤리학을 향해 종속적 위치에 놓이고 도덕적인 생활로 인도하는 기초로서 필요한 것인 한에서 그 의의를 인정받았다. 이것은 특히 마르쿠스 아우렐리우스에 있어서 더욱 현저하다. 그는 천체현상의 연구나 삼단논법의 분석에 자신의 시간을 낭비하지 않은 것을 감사하게 생각하고 있다.(1편의 17, 22)

스토아 철학의 윤리는 몇 개의 신조, 다시 말해서 진리라고 인정되는 것을 기초로 하여 그 위에 서 있다. 이 신조에 의하면 우주는 하나다. 따라서 신(神)과 물질도 하나다. 신, 환원하면 원초적 존재는 그 형식적 능력을 가지고 물질 위에 작용하여 자기 자신 속으로부터 우주를 창출하며 이 우주는 인과율에 따라 변화를 계속한다. 그러나 이것은 불에 의해 주기적으로 파괴되며 그 잔해(殘骸) 속에서 다시 새로운 우주가 창조된다. 이상과 같은 생각은 범신론적이며 동시에 물질적이지만, 다른 한편으로 생각할 때 이 신적인 힘은 제우스, 원인(原因), 우주의 이성, 법률, 진리, 운명, 필연, 섭리 등으로 불리는 것이기도 하다. 이러한 모순을 아우렐리우스 자신은 확실히 인식하지 못한 것 같다. 적어도 그의 관심은 그러한 순수한 형이상학적 사유와는 거리가 있었다.

스토아 철학에 의하면 인간은 육체(肉), 영혼(息) 내지 예지(指導理性)로 형성되어 있다는 것이다. 지도이성은 우주를 지배하는 이성의 일부, 즉 신적인 것의 분신(分身)으로서, 이것이 인간의 마음속에 자리한 주인이며 인간을 인간답게 만드는 원동력이라는 것이다. 이상과 같은 신조로부터 우리의 신, 인간, 자기에 대한 의무 관념이 추출된다. 다시 말해서 신들에 대한 경건, 인간에 대한 사회성, 자기를 향한 자율자족(自律自足)이 나온다.

신들이라는 어휘는 마르쿠스 아우렐리우스의 시대에서는 당시의 민중이 생각하는 눈에 보이는 신의 뜻으로 사용되기도 하고 때로는 우주를 지배하는 이성이란 뜻으로도 사용되었다. 그는 영구 불멸의 신의 존재를 확신하고, 신들은 인류를 위한 배려를 하는 존재이며 인간과 더불어 살고 악인까지도 구하는 존재라고 믿었다. 인간은 신을 신뢰하고 신에게 복종하며 봉사하고 신과 닮으려고 노력해야 한다는 것이다. 신들도 우주의 일부로서 우주의 제약을 받는다. 따라서 우리는 운명에게 충실함으로써 신들의 안녕과 번영에 기여한다는 것이다.

이성을 소유한 모든 것은 동포이기 때문에 우리 인간들은 누구나 할 것 없이 우주국가의 시민으로서 서로 화목하도록 창조되었으며 우주의 작업에 협력해야 한다. 가령 우리에게 악한 일을 저지른 자가 있다 해도 우리는 그 인간에게 선의를 가지고 그의 잘못을 교정하든가 그렇지 못하면 참아야 한다.

생명을 가진 모든 것은 그것의 창조적 목적에 이바지해야 한다는 의무가 있다. 모든 것을 그런데 인간은 이성적으로 창조되었다. 때문에 인간은 그의 자연에 따라, 다시 말해서 이성에 따라 살면 자신이 창조된 목적에 이바지할 수 있다는 것이다. 그럴 수 있으려면 절대적인 자율과 자유를 누려야 한다. 타인에게 향해서뿐 아니라 자기 자신의 육체로부터 오는 충동이나 사물에 대한 자신의 그릇된 관념이나 의견에 대해서도 마찬가지여서 그 어느 것에도 예속되어서는 안 된다. 무엇보다 죽음에 대한 공포로부터 해방되지 않으면 안 된다.

스토아 철학은 이처럼 그 실천윤리의 특유한 사상으로서, 우리가 자유롭게 되는 것과 그렇지 못한 것과의 구별을 강조한다. 우리가 자유롭게 관할할 수 있는 것은 우리의 정신적 기능, 다시 말해서 의견을 형성한다든지 판단을 내리는 능력이다. 또한 덕과 악덕도 그것에 속한다. 그에 반하여 우리의 외부에 존재하는 것은 우리의 힘으로는 어찌할 수 없다. 우리의 육체도 그것에 속한다. 그 이외의 것은 모두 어떻게 되든 좋다는 것이다. 다시 말해서 선도 아니고 악도 아닌 미분화물(未分化物), 즉

덕과 악덕의 중간물(中間物)이라는 것이다. 예를 들면 건강과 질병, 부와 가난, 명예와 불명예 같은 것이다. 따라서 우리는 자신의 의지로 될 수 없는 것은 불평하지 말고 참을 것이며, 어찌 되어도 괜찮은 것은 구하지도 피하지도 말 것이며, 우리가 관할할 수 있는 것, 즉 우리의 내심에 그 본거지를 두고 거기에 독립과 자유와 평안을 확립시켜야 한다는 것이다.

인간의 행복과 정신적 평안은 덕으로부터 온다. 덕이란 우주를 지배하는 신적인 힘, 다시 말해서 '우주의 자연'에 대해 굴복하고 그 자연이 행하는 모든 것을 기꺼이 받아들이는 것이다. 또한 우리의 동물성을 초극하고 어떤 것에도 움직이지 않는 '부동심(不動心)'에 도달하는 것이다. '인생, 즉 주관'이기 때문에 우리는 자신의 감각이나 지각으로부터 오는 인상이나 사물에 대한 판단을 음미하지도 않고 무차별로 받아들여서는 안 된다. 우리는 먼저 이것을 올바로 정의(定義)하고 분석하는 행위에 의해서 그 진위를 결정해야 한다. "너는 손해를 입지 않았다고 생각하라. 그러면 너는 손해를 입지 않은 것이 된다"(7편의 7) 라고 아우렐리우스는 말한다.

그러나 인간의 능력에는 한계가 있으며 그가 가는 도정에는 넘기 어려운 장애물이 나타난다. 따라서 현명한 사람은 어떤 일을 하든 반드시 '어떤 제약 하에서' 그 일을 고려한다. 즉 그 일이 도달될 수 있는 것에 한해서 그것을 목적으로 삼을 뿐, 도달될 수 없는 것의 경우에는 깨끗이 단념하고 그것 때문에 하등의 환멸이나 고통을 느끼지 않으며 어떤 손해도 인식하지 않는다.

죽은 후의 운명에 대해서는 확실한 신념이 없다. 그냥 허무로 끝나든 다른 곳으로 옮겨져 어떤 생존을 계속하든 그에 대한 각오가 서 있다는 태도다. 자살에 관해서는 어떤가 하면 인간이 도덕적 존재를 계속할 수 없는 처지일 때에 한해서 그것을 시인한다. 그러나 그것에 대해서 극히 신중을 기해야 한다고 말한다.(10편의 8)

 이상이 《명상록》에 나타난 사상의 개요이다. 이것을 통해 볼 때 아우렐리우스는 에픽테투스의 너무나 충실한 제자였고 거기에는 어떤 참신한 사상적 진척은 없다. 여기에서 말하는 물리학이나 논리학은 현대의 우리에겐 별 의미는 없으며 크나큰 매력은 없다. 그러나 그 윤리만은 그 엄격한 도덕관으로 오늘날의 우리에게도 숭고한 아름다움과 권위를 드러낸다. 이것은 우리의 불행이나 유혹에 대한 저항력을 길러주는 역할을 충분히 하고도 남음이 있다. 혹자는 아우렐리우스의 교훈에는 나른한 데가 있어 우리의 생활 내용을 풍부케 하고 생활을 긍정적으로 받아들이지 못하게 하는 퇴폐주의가 담겼다고 말할 수도 있을 것이다. 원래 스토아 철학이 그러한 것이었다.
 그러나 이 스토아 사상이 일단 아우렐리우스의 영혼에 옮겨 탈 때 이 얼마나 큰 매력과 생명력을 발휘하는가는 독자가 판단하기에 그리 어렵지 않을 것이다. 그것은 그가 이 사상을 몸에 지니고 살았기 때문이다. 그 사상을 살렸기 때문이다. 아우렐리우스는 책 속에 묻혀 살기를 원했다. 순수한 철학자로서의 생활을 단념해야 했던 것이 그에게는 말할 수 없는 고통이었다. 그러나 그의 경우 황제의 위치에서 생생한 현실과 대결하여 불꽃을 튀길 수 있는 위치에 있었기 때문에 그의 사상의 힘과 약동이 발생했는지도 모른다. 《명상록》은 결코 고급스러운 도덕훈으로 그친 것이 아니라 때로는 격렬한 분노와 격한 어조와 깊은 절망과 자기혐오의 신음도 내포한다. 어디까지나 인간적인 심성과 약점을 지녔던 인간이 그 민감한 감수성과 상처받기 쉬운 감성을 극복하고 절실히 '부동심'을 희구하며 매진하는 그 자태의 적나라함과 그 생생한 기록이 바로 이 《명상록》이다.

 이 구도(求道)의 기록은 이제까지 수많은 인간을 책하고 동시에 위로해주었다. 우주관과 자연관은 아무리 변해도 이 저서는 결코 낡지 않을 것이다. 왜냐하면 아우렐리우스의 종교는 절대적 종교이기 때문이다. 이것은 하나의 고매한 양심이 우주를 정면으로 바라보고 부끄럼 없이 토로한 명상의 시(詩)다. 따라서 이것은 어느 특정한 인종이나 특정한 국가에 속하는 것이 아니다. "어떠한 혁명이나 진보나 발전도 이 저서를 변질시키지 못할 것이다."

옮긴이

옮긴이 **이덕형**

서울대학교 사범대학 영어교육과와 동 대학원을 졸업하고 이화여고, 동성고등학교, 서울사대부속고등학교 교사를 역임한 후, 서울대학교 강사와 연세대학교 교수를 지냈다. 편저로《한 권으로 읽는 세계문학 60선》이 있고, 역서로《월든》,《가시나무새》,《호밀밭의 파수꾼》,《페이터의 산문》,《르네상스》,《센토》,《돌아온 토끼》,《파리대왕》,《프랑스 중위의 여자》,《20세기 아이의 고백》,《고라이의 악마》,《천형》,《시를 어떻게 읽을 것인가》등 다수가 있다.

명상록

1판 1쇄 발행 1983년 6월 15일
4판 1쇄 발행 2025년 9월 19일
4판 2쇄 발행 2025년 11월 10일

지은이 마르쿠스 아우렐리우스 │ 옮긴이 이덕형
펴낸곳 (주)문예출판사 │ 펴낸이 전준배
출판등록 2004. 02. 11. 제 2013-000357호 (1966. 12. 2. 제 1-134호)
주소 04001 서울시 마포구 월드컵북로 21
전화 02-393-5681 │ 팩스 02-393-5685
홈페이지 www.moonye.com │ 블로그 blog.naver.com/imoonye
페이스북 www.facebook.com/moonyepublishing │ 이메일 info@moonye.com

ISBN 978-89-310-2580-4 04800
ISBN 978-89-310-2365-7 (세트)

• 잘못 만든 책은 구입하신 서점에서 바꿔드립니다.

&문예출판사® 상표등록 제 40-0833187호, 제 41-0200044호

문예세계문학선

★ 서울대, 연세대, 고려대 필독 권장 도서 ▲ 미국대학위원회 추천 도서
● 《타임》 선정 현대 100대 영문 소설　▽ 《뉴스위크》 선정 세계 100대 명저

1 젊은 베르테르의 슬픔 괴테 / 송영택 옮김	34 지상의 양식 앙드레 지드 / 김붕구 옮김
▲▽ 2 멋진 신세계 올더스 헉슬리 / 이덕형 옮김	35 체호프 단편선 안톤 체호프 / 김학수 옮김
▲●▽ 3 호밀밭의 파수꾼 J. D. 샐린저 / 이덕형 옮김	36 인간 실격 다자이 오사무 / 오유리 옮김
4 데미안 헤르만 헤세 / 구기성 옮김	37 위기의 여자 시몬 드 보부아르 / 손장순 옮김
5 생의 한가운데 루이제 린저 / 전혜린 옮김	●▽ 38 댈러웨이 부인 버지니아 울프 / 나영균 옮김
6 대지 펄 S. 벅 / 안정효 옮김	39 인간 희극 윌리엄 사로얀 / 안정효 옮김
●▽ 7 1984 조지 오웰 / 김승욱 옮김	40 오 헨리 단편선 오 헨리 / 이성호 옮김
▲●▽ 8 위대한 개츠비 F. 스콧 피츠제럴드 / 송무 옮김	★ 41 말테의 수기 R. M. 릴케 / 박환덕 옮김
▲●▽ 9 파리대왕 윌리엄 골딩 / 이덕형 옮김	42 파비안 에리히 케스트너 / 전혜린 옮김
10 삼십세 잉게보르크 바흐만 / 차경아 옮김	★▲▽ 43 햄릿 윌리엄 셰익스피어 / 여석기 옮김
★▲ 11 오이디푸스왕·안티고네 외	44 바라바 페르 라게르크비스트 / 한영환 옮김
소포클레스·아이스킬로스 / 천병희 옮김	45 토니오 크뢰거 토마스 만 / 강두식 옮김
★▲ 12 주홍글씨 너새니얼 호손 / 조승국 옮김	46 첫사랑 이반 투르게네프 / 김학수 옮김
▲●▽ 13 동물농장 조지 오웰 / 김승욱 옮김	47 제3의 사나이 그레이엄 그린 / 안흥규 옮김
★ 14 마음 나쓰메 소세키 / 오유리 옮김	★▲▽ 48 어둠의 심장 조지프 콘래드 / 이덕형 옮김
15 아Q정전·광인일기 루쉰 / 정석원 옮김	49 싯다르타 헤르만 헤세 / 차경아 옮김
16 개선문 레마르크 / 송영택 옮김	50 모파상 단편선 기 드 모파상 / 김동현·김사행 옮김
★ 17 구토 장 폴 사르트르 / 방곤 옮김	51 찰스 램 수필선 찰스 램 / 김기철 옮김
18 노인과 바다 어니스트 헤밍웨이 / 이경식 옮김	★▲▽ 52 보바리 부인 귀스타브 플로베르 / 민희식 옮김
19 좁은 문 앙드레 지드 / 오현우 옮김	53 페터 카멘친트 헤르만 헤세 / 박종서 옮김
★▲ 20 변신·시골 의사 프란츠 카프카 / 이덕형 옮김	★ 54 몽테뉴 수상록 몽테뉴 / 손우성 옮김
★▲ 21 이방인 알베르 카뮈 / 이휘영 옮김	55 알퐁스 도데 단편선 알퐁스 도데 / 김사행 옮김
22 지하생활자의 수기 도스토엡스키 / 이농현 옮김	56 베이컨 수필집 프랜시스 베이컨 / 김길중 옮김
★ 23 설국 가와바타 야스나리 / 장경룡 옮김	★▲ 57 인형의 집 헨리크 입센 / 안동민 옮김
★▲ 24 이반 데니소비치의 하루	★ 58 소송 프란츠 카프카 / 김현성 옮김
알렉산드르 솔제니친 / 이동현 옮김	★▲ 59 테스 토마스 하디 / 이종구 옮김
25 더블린 사람들 제임스 조이스 / 김병철 옮김	★▽ 60 리어왕 윌리엄 셰익스피어 / 이종구 옮김
★ 26 여자의 일생 기 드 모파상 / 신인영 옮김	61 라쇼몽 아쿠타가와 류노스케 / 김영식 옮김
27 달과 6펜스 서머싯 몸 / 안흥규 옮김	▲▽ 62 프랑켄슈타인 메리 셸리 / 임종기 옮김
28 지옥 앙리 바르뷔스 / 오현우 옮김	▲●▽ 63 등대로 버지니아 울프 / 이숙자 옮김
★▲ 29 젊은 예술가의 초상 제임스 조이스 / 여석기 옮김	64 명상록 마르쿠스 아우렐리우스 / 이덕형 옮김
▲ 30 검은 고양이 애드거 앨런 포 / 김기철 옮김	65 가든 파티 캐서린 맨스필드 / 이덕형 옮김
★ 31 도련님 나쓰메 소세키 / 오유리 옮김	66 투명인간 H. G. 웰스 / 임종기 옮김
32 우리 시대의 아이 외덴 폰 호르바트 / 조경수 옮김	67 게르트루트 헤르만 헤세 / 송영택 옮김
33 잃어버린 지평선 제임스 힐턴 / 이경식 옮김	68 피가로의 결혼 보마르셰 / 민희식 옮김

(뒷면 계속)

- ★ 69 팡세 블레즈 파스칼 / 하동훈 옮김
- 70 한국단편소설선 김동인 외 / 오양호 엮음
- 71 지킬 박사와 하이드 로버트 L. 스티븐슨 / 김세미 옮김
- ▲ 72 밤으로의 긴 여로 유진 오닐 / 박윤정 옮김
- ★▲▽ 73 허클베리 핀의 모험 마크 트웨인 / 이덕형 옮김
- 74 이선 프롬 이디스 워튼 / 손영미 옮김
- 75 크리스마스 캐럴 찰스 디킨슨 / 김세미 옮김
- ★▲ 76 파우스트 요한 볼프강 폰 괴테 / 정경석 옮김
- ▲ 77 야성의 부름 잭 런던 / 임종기 옮김
- ★▲ 78 고도를 기다리며 사뮈엘 베케트 / 홍복유 옮김
- ★▲▽ 79 걸리버 여행기 조너선 스위프트 / 박용수 옮김
- 80 톰 소여의 모험 마크 트웨인 / 이덕형 옮김
- ★▲▽ 81 오만과 편견 제인 오스틴 / 박용수 옮김
- ★▽ 82 오셀로·템페스트 윌리엄 셰익스피어 / 오화섭 옮김
- ★ 83 맥베스 윌리엄 셰익스피어 / 이종구 옮김
- ▽ 84 순수의 시대 이디스 워튼 / 이미선 옮김
- ★ 85 차라투스트라는 이렇게 말했다 니체 / 황문수 옮김
- ★ 86 그리스 로마 신화 이디스 해밀턴 / 장왕록 옮김
- 87 모로 박사의 섬 H. G. 웰스 / 한동훈 옮김
- 88 유토피아 토머스 모어 / 김남우 옮김
- ★▲ 89 로빈슨 크루소 대니얼 디포 / 이덕형 옮김
- 90 자기만의 방 버지니아 울프 / 정윤조 옮김
- ▲ 91 월든 헨리 D. 소로 / 이덕형 옮김
- 92 나는 고양이로소이다 나쓰메 소세키 / 김영식 옮김
- ★ 93 폭풍의 언덕 에밀리 브론테 / 이덕형 옮김
- ★▲ 94 스완네 쪽으로 마르셀 프루스트 / 김인환 옮김
- ★ 95 이솝 우화 이솝 / 이덕형 옮김
- ★ 96 페스트 알베르 카뮈 / 이휘영 옮김
- ▲ 97 도리언 그레이의 초상 오스카 와일드 / 임종기 옮김
- 98 기러기 모리 오가이 / 김영식 옮김
- ★▲ 99 제인 에어 1 샬럿 브론테 / 이덕형 옮김
- ★▲ 100 제인 에어 2 샬럿 브론테 / 이덕형 옮김
- 101 방황 루쉰 / 정석원 옮김
- 102 타임머신 H. G. 웰스 / 임종기 옮김
- ● 103 보이지 않는 인간 1 랠프 엘리슨 / 송무 옮김
- ● 104 보이지 않는 인간 2 랠프 엘리슨 / 송무 옮김
- ▲ 105 훌륭한 군인 포드 매덕스 포드 / 손영미 옮김
- 106 수레바퀴 아래서 헤르만 헤세 / 송영택 옮김
- ▲ 107 죄와 벌 1 표도르 도스토옙스키 / 김학수 옮김
- ▲ 108 죄와 벌 2 표도르 도스토옙스키 / 김학수 옮김
- 109 밤의 노예 미셸 오스트 / 이재형 옮김
- 110 바다여 바다여 1 아이리스 머독 / 안정효 옮김
- 111 바다여 바다여 2 아이리스 머독 / 안정효 옮김
- 112 부활 1 레프 톨스토이 / 김학수 옮김
- 113 부활 2 레프 톨스토이 / 김학수 옮김
- ▲● 114 그들의 눈은 신을 보고 있었다 조라 닐 허스턴 / 이미선 옮김
- 115 약속 프리드리히 뒤렌마트 / 차경아 옮김
- 116 제니의 초상 로버트 네이선 / 이덕희 옮김
- 117 트로일러스와 크리세이드 제프리 초서 / 김영남 옮김
- 118 사람은 무엇으로 사는가 레프 톨스토이 / 이순영 옮김
- 119 전락 알베르 카뮈 / 이휘영 옮김
- 120 독일인의 사랑 막스 뮐러 / 차경아 옮김
- 121 릴케 단편선 R. M. 릴케 / 송영택 옮김
- 122 이반 일리치의 죽음 레프 톨스토이 / 이순영 옮김
- 123 판사와 형리 F. 뒤렌마트 / 차경아 옮김
- 124 보트 위의 세 남자 제롬 K. 제롬 / 김이선 옮김
- 125 자전거를 탄 세 남자 제롬 K. 제롬 / 김이선 옮김
- 126 사랑하는 하느님 이야기 R. M. 릴케 / 송영택 옮김
- 127 그리스인 조르바 니코스 카잔차키스 / 이재형 옮김
- 128 여자 없는 남자들 어니스트 헤밍웨이 / 이종인 옮김
- 129 사양 다자이 오사무 / 오유리 옮김
- 130 슌킨 이야기 다니자키 준이치로 / 김영식 옮김
- 131 실종자 프란츠 카프카 / 송경은 옮김
- 132 시지프 신화 알베르 카뮈 / 이가림 옮김
- 133 장미의 기적 장 주네 / 박형섭 옮김
- 134 진주 존 스타인벡 / 김승욱 옮김
- 135 황야의 이리 헤르만 헤세 / 장혜경 옮김
- 136 피난처 이디스 워튼 / 김욱동 옮김
- 137 이상한 나라의 앨리스·거울 나라의 앨리스 루이스 캐럴 / 이순영 옮김
- 138 빨강 머리 앤 루시 모드 몽고메리 / 이순영 옮김